プロジェクト・ニル

灰に呑まれた世界の終わり、或いは少女を救う物語

畑リンタロウ

GA文庫

カバー・口絵・本文イラスト
fixro2n

始章　～回顧～

今から思い返せば、俺《おれ》はあのとき既に君のことを思い出していたんだ。初めて出会ったあの日。閃光のように、君の姿は瞼《まぶた》の裏に焼き付いていた。

それに気が付けなかったのは、きっとただ単純に恐れていたのだと思う。

白銀色の水平線の彼方で、君が俺を探し続けていただろう長い年月に。君がたった独りで耐え続けてきただろう過酷な現実に。そして巡り始めた定めという名の運命に。


でも、俺たちはまた出会えた。

だから、ここから始めよう。

この空の上、宙《そら》の下で。

君と俺の物語を。

一章　～邂逅～

マガミは息を切らしながら、単管で組まれた作業用足場を駆け上がっていた。

空から差す正午過ぎの日差しに、額の汗が反射する。無造作に切られた黒髪も汗で湿りを帯びていた。

「おい！　正気か、マガミ！」

荒々しい声で問いかけてくる同僚を背に、マガミは頭上を見上げた。まだまだ上らなければいけない階段は多い。いちいち振り返って返答をしている時間もなさそうだった。

マガミは僅《わず》かな休憩を挟んで再び走り出す。

「あの飛行艇はウチと上陸協定を結んでない連中だぞ！　入れたらまずいって！」

聞く耳を持たないマガミに、同僚が叫んだ。

マガミは一息に階段を駆け上り、関係者以外立ち入り禁止の警告を飛び越える。下から追いかけてきていた同僚は、彼の背中を見て「あぁ～」と声を上げた。

マガミは安全柵もない足場を走り、大きな格納庫の角を抜ける。すると、一気に視界が開けて彼の頬《ほお》に風が吹きつけた。

真《ま》っ青《さお》な空に、雲海を連想させる灰化層《はいかそう》の白銀色。世界のほとんどがその二色に覆《おお》い尽くされた広大な景色が彼の眼下に広がった。

その場で足を止めたマガミは、すぐ傍《そば》まで迫った一隻《せき》の飛行艇を見下ろす。彼が今まで見てきたものとは大きく形状の異なるその飛行艇は、より飛ぶことを想定されたコンパクトでシャープな姿をしていた。

そして何より目を引くのは、その飛行艇から立ち上がる黒い煙。今にも灰化層の銀色に吸い込まれそうに、船艇《せんてい》自体が右側へ二十度ほど傾いている。

「思った通りだ」

マガミはその飛行艇を見つめながら呟《つぶや》く。外壁修繕の作業をしているときに確認したより、さらに傾きが激しい。推進力も長くは保たないだろう。

「おい、マガミ。まずいって。いくら何でも勝手に接岸湾を開けたら、免許取り消しだけじゃ済まねぇぞ」

及び腰で追いかけてきたお節介な同僚は、いよいよ表情を曇らせてマガミを見ていた。マガミは風に吹かれながら、小さな双眼鏡で飛行艇の姿を観察している。

「サイズとしては小さいが、三十人は乗ってる。協定を結んでいないからって、目と鼻の先で見殺しにできるかよ」

「だから、それを決めるのは行政府の連中の仕事なんだって。俺《おれ》たちが首を突っ込むことじゃねぇ」

「そう思うなら、お前は作業場に戻れ」

マガミは冷たく言い放ち、手に持った双眼鏡を同僚に投げ渡した。

同僚は双眼鏡を落としそうになり、慌てて両手で鷲掴《わしづか》みにする。そして走り出してしまったマガミを見送りながら、諦《あきら》めの表情を浮かべるのだった。

明らかに正規の通路ではない場所を駆け抜けながら、マガミは格納庫の上部へと進んでいく。格納庫には動力が切れても門を開けられるように、天井《てんじょう》付近に緊急開閉用の重りが吊るしてある。それは手動で作動することができる仕組みになっているはずだ。

走るマガミの視界の隅で、飛行艇は既に右の飛行翼を灰化層に沈めていた。

もう時間の猶予はない。

焼け付くように痛む肺に無理をいわせて、格納庫の最上部に取りついたマガミは、飛行艇の駆動音を耳にする。

まさか、と思い振り返ると、しびれを切らした飛行艇が前進を始めようと推進部のエネルギーを貯めていた。

まだ、どの格納庫の門も開いていていない。

「おいおい、突き破るつもりか?」

飛行艇からすれば、生死を目の前にして協定も条約も関係ないのだろう。後からのごたごたは生きていればどうにでもなる。

とはいえ、流石に格納庫の門を突き破らせては、大事になりすぎる。

マガミは急いで格納庫の中に身体を滑り込ませた。

薄暗い格納庫の中には、幾つもの足場が重なり合っている。目を凝らして全体を見渡すと緊急開門用の黄色いレバーが目に留まった。順路に従って走れば三分でたどり着ける距離だが、外から聞こえてくる飛行艇のエンジン音がそんな時間は無いと告げていた。

「クソ、俺は曲芸師じゃないんだぞ」

舌打ち交じりに文句を言うと、マガミは助走をつけて通路から飛び出した。

足先が虚空《こくう》を二度ほど蹴《け》り、格納庫の天井から延びる梁《はり》に手がかかる。勢いを殺さないように、そのまま振り子の要領で身体を持ち上げ、次の梁に飛びつく。

もう一度、身体を振り上げて飛び上がった先で吊り下げ式の通路に何とかしがみつくことができた。

激しい衝突音と同時に通路が大きく揺れる。

ついでにマガミの脇腹《わきばら》にも激痛が走る。

「あぐっ！」

痛みに悶《もだ》えながら顔をゆがめるマガミは視線を足下へ向けた。十数メートルは下にいる大勢の作業員たちが一斉に見上げている様子が目に入り、マガミは苦笑いを浮かべる。

「やべ、バレたなこりゃ」

身体の痛みを無視して通路に飛び込むと、マガミは緊急開門用レバーに駆け寄った。安全装置を取り外し、レバーに体重を乗せて一息に引き下げる。

バン！　という炸裂音《さくれつ》が響くと同時に、天井に吊り下げられていた重りが落ち始めた。その重さで門があっという間に開いていく。

本来の動きよりもかなり強引《ごういん》で、門の表面塗装がひび割れて剝《は》がれ落ちていった。その音に混ざって飛空艇の走行音が間近に迫ってくる。

マガミは自らの両耳を手で覆った。

唸《うな》る轟音が耳だけでなく肌を震わせる。門が開いた直後、間一髪のタイミングで飛行艇が格納庫へ滑り込んできた。

強引に突っ込んできた飛行艇の右飛行翼が資材などを並べてあるケーソンの上に触れる。激しい金属音を上げ、火花が飛び散っていた。着岸というよりは突入してきた飛行艇は、格納庫の奥で勢いを弱めて停止する。

一体何が起こったのか、理解が追いつくまでに数秒の時間を要した。思わず息をのんで見守っていたマガミも、どうにか飛行艇が着岸したことを確認して一息つく。

「ふぅ〜。何とか助かった、か？」

額の汗を拭《ぬぐ》ったマガミだったが、どうやら状況は彼を休ませてくれそうにない。向かいの階段を駆け上がってくる港関係者と、都市警備兵たちの姿が見えた。

今さら感はあるが、マガミは防塵用のマスクを顔に付けて立ち上がる。

「あそこだ！　待て、こら！」

階段を駆けてくる警備兵たちを横目にマガミは走り出す。軽業師《かるわざし》さながらの身のこなしで通路を横断して窓に飛びついたとき、彼の視界に飛行艇から出てきた少女の姿が映った。

人間離れした白い肌をした少女は、肌の色にも劣らない美しい白銀の長髪を揺らす。そして騒ぎ声が聞こえてくる頭上を見ていた。

彼女の瞳《ひとみ》が自らに向けられたとき、マガミは無意識のうちに動きを止めていた。少女の深紅色をした猟奇的な瞳に吸い込まれるように視線が釘付けになる。

磁石に引き付けられるような不思議な引力がマガミの視線を捕らえて離さない。同時に彼女もマガミを食い入るように見つめていた。

気が付けば周囲の雑音がかき消え、まるで自分と彼女以外の時が止まってしまったかのような錯覚に包まれている。

緩やかな時の流れ。その中で、マガミの視線の先にいる少女は薄い唇を僅かに動かした。何かを呟いたような、こちらに向かって告げたような、そんな気がする。

何を言ったんだろう。

マガミが首をかしげた次の瞬間、閃光を浴びたような一瞬の目眩《めまい》が彼を襲った。身体に電流

が走ったように、刹那《せつな》の痛みが頭を走る。

「痛っ！　なんだ？」

咄嗟《とっさ》に眉間を押さえ、悶えると同時に時間の流れが戻ってきた気配がする。

金縛りから解かれたように身体の自由が戻り、マガミは頭を振った。そうしている間にも、階段を駆け上がってくる大人たちの気配は迫っている。

マガミは不思議と後ろ髪を引かれるも、怒声を振り切るようにして窓の外へ飛び出した。

＊＊＊

この星が灰化層と呼ばれる有害物質に飲み込まれたのは、今から三百年ほど昔の事だと言われている。

この灰化層は超微量粒子の集合体とされ、目や肺などの粘膜から吸収されやすい。一定量を吸収することで、生物の細胞を破壊する作用があり、多くの人々の命を奪ってきた恐ろしい物質だった。

そんな悪魔のような灰化層は、いつしか星の陸地の九割以上を飲み込んでしまっていた。人類は残された僅かな陸地に壁を築き、そこから溢《あふ》れた人々は飛行都市を造り空へと逃れた。

そんな中、数少ない陸地に生まれた街のひとつがこの第六都市だった。

主な産業は農業で、既に失われた技術のひとつである動力装置『アマデウス機構』によって空を移動する飛行都市に食糧を高額で売りつけることで高い地位を保っている。野菜ひとつを作るにしても陸がいるのだから、これはもう仕方のないパワーバランスだ。

しかし、この陸をもった都市の厄介《やっかい》なところは、いつまでも変わらない旧態依然とした仕組みにある。安定した生活環境では、暇を持て余した既得権益層の利権確保が始まるのだ。

特に既得権益層の外側にいる若者であるマガミにとって、そのような何も変わろうとしない社会は苛立たしいもの以外の何物でもなかった。

「以上、マガミ外壁修繕技師の技師免許永久剝奪《はくだつ》および、市民権剝奪の処分を言い渡す。執行猶予は一週間。その間に、第六都市から退去しない場合は、より重い処罰を下すものとする」

いかにも権威的な行政処分執行官の台詞《せりふ》がホールに響き渡った。

大理石を思わせる加工板を張り付けた壁の前に置かれた木材風の裁判官台。そこに立つ執行官は黒染めのマントを羽織り、この時代にしては珍しい木製のハンマーで閉廷の合図を打つ。

何とも無駄な儀式だ。マガミは内心そう呟いていた。

結局、マガミの行動が行政側にばれないなどということはなかった。

二日もしないうちに行政府からの呼び出し勧告があり、三日目には拘束。四日目に処分の言い渡しという、非常に迅速な対応を受けることとなったのだった。

ホールの中央で不貞腐《ふてくさ》れたように仁王立ちするマガミに、執行官が立ち去るように合図してきた。丸々と太った執行官を見上げ、マガミは分かり易く舌打ちを返すと背を向けてホールを立ち去る。

ホールを出たところで、マガミを待っていたのは職場の上司に当たる親方だった。腕組みをした親方はマガミを見ると大きなため息をこぼした。

「マガミ、やるんだったら事前に一言あってもいいだろう」

「すみません。時間がなかったんです。もう少し遅れてたら、あの船は沈んでた」

「お前のおかげで船の連中は誰《だれ》も死ななかったらしいぞ。正しいことをしたよ。やり方はともかくとして」

親方は大きな手でマガミの肩に手を乗せた。

確かに今回、マガミのしたことは手段としては間違っていたかもしれない。

第六都市のみならず、陸を所有する都市の多くは、協定を結んだ飛行都市とだけ交流を行う場合が多い。それは陸という資産を持つがゆえの有利性と危険性を考慮した上での判断だ。

灰化層の広がる外界には、物資を力ずくで奪うような粗暴な連中もいる。そのような侵略者を街へ入れないというのも行政の担う役目なのだ。

だが、今回は明らかに空賊や暴力団のような連中が扱うタイプの飛行艇ではなかった。それに、万が一そうであっても、街の玄関口で助けを求める大勢の人間たちが死ぬようなことがあっては、寝覚めが悪いというものだ。

マガミ自身、反省する点はあれど、判断と行いに関しては後悔はなかった。

「それで、何処《どこ》かあてはあるのか？」

親方にそう聞かれ、マガミは改めて自分の置かれた立場を思い出した。

頭上に広がる青い空に視線を向けて考えてみる。

だが、答えは考えるまでもない。マガミは苦笑いを浮かべた。

「まさか。物心ついたときから第六都市育ちですよ。他の都市にツテなんてないです」

「そうか。まだ一週間ある。儂《わし》もツテがないか聞いてみる。あまり短気を起こすなよ？」

「親方。俺が短気だったことなんて今まで一度でもありましたか？」

「覚えてないくらいにはたくさんあったな」

「はは。なら、一度もないのと同じだ」

冗談を言い交し、マガミは肩の力を抜く。

「まぁ、何とかなりますよ。本当に、色々と世話になりました」

マガミは改めて、今回の件含め多くの出来事に関《かか》わって世話をしてくれた親方に頭を下げる。

親方はあまりに潔いマガミの姿を前にして、再び大きな吐息をこぼした。腕を組む気配を感じ、マガミは顔を起こす。

親方は口を一文字に結んだまま、何か胸に浮かぶ感情を言葉にしあぐねているようだった。

「これっきりってわけじゃないからな。とにかく、荷造り進めておけよ」

相変わらず不器用な人だ。大きな体を揺らして親方は立ち去って行った。マガミは誰が見ているわけでもないのに、人の波に消えていく親方の背中に改めてもう一度、深々と頭を下げた。


行政の建物が立ち並ぶ街の中央部は、陸の小高い丘の上にある。そこから石畳の敷かれた大通りを下り、外壁の傍に向かうと、景色は徐々に貧相になっていった。

標高が低いほど外壁に近くなり、外壁に近いほど灰化層の汚染リスクが上がる。当然、外壁に近い場所ほど貧困層が暮らすことになる。

マガミの暮らしている家は丘の中腹から少し下あたりだ。廃材をうまく利用した土壁二階建ての建物が並ぶ。その一つにマガミの借りている部屋があった。

通い慣れた我が家を目前にして、マガミは足を止める。

日中でも日陰の多い通りに、似つかわしくない人物が立っていたからだ。その人物は濃い赤色の軍服を身に着けていた。

身体の輪郭を隠すような外套で背中は隠れて見えない。腰には分厚いベルトとホルスター。身に着けている服装も特徴的だったが、それよりも目に留まるのは軍帽に収まらない長い銀髪だ。老人のような色ではなく、光を帯びているようにも思える美しい銀色をしている。

最近見た銀髪といえば、マガミの脳裏に飛行艇の少女が浮かぶ。マガミは少しだけ警戒しながら半歩ほど歩みを進めた。

彼の足音、もしくは気配に気が付いたのか、少女が顔を上げた。

軍帽のつば下に、あの日に見た猟奇的な深紅の瞳が現れる。

やはり、あの少女だ。

マガミは軽く手を上げて挨拶《あいさつ》をしてみせた。

「よう」

マガミが声をかけても、少女はこちらを品定めするように見つめるばかりで無反応だ。軍服姿に無表情、そして人間離れした瞳が威圧感を与える。

マガミは、警戒の色を濃くした。これ以上の厄介ごとはごめんだ。乾いた唇をゆっくりと湿らせる。

「君、追放処分だって？」

少女は、容姿と服装に不釣り合いな子供っぽい口調で、だが中性的な声色でそう言った。語尾に少しだけ嘲笑の色を感じる。

マガミは言葉の裏に見える挑発的な感情に、眉《まゆ》を寄せた。

「正確には、市民権剥奪処分だ」

「それって、追放と何が違うんだい？」

「追放は二度と市民権を得られない。剝奪処分は今後の状況次第で戻れることもある。そういう違いだよ」

「へ～。でも、この都市から出ていかないといけないことには違いはないよね？」

妙に喧嘩腰《けんかごし》できやがる。

そもそも、彼らを助けたことによって受けた処分なのだ。礼のひとつでもあるかと思えば、口を開けば嫌味のようなことを言い放つ。

マガミは切れ長の目をより細める。何が目的なのか測りかねる彼女を、どうやってやり過ごそうかと考えた。

すると、答えが出る前に彼女のほうが動いた。

壁にもたれかかっていた少女は身を起こすと、長い四肢を揺らしながらマガミに近づいて来る。彼女は遠慮なく距離をぐんぐんと詰め、半歩ほどの距離で立ち止まった。

近くで見るとマガミと大して身長差もない。数センチほど背の低い彼女が顎《あご》を突き出して視線を合わせてくる。

吐息を感じるような距離で、二人は互いの目を見つめ合った。

威圧的な態度でぶつかり合う二人。一触即発の雰囲気の中で、彼女はズボンのポケットから一枚の紙きれを取り出した。

綺麗《きれい》な指先でつまんだそれを、そっとマガミの胸ポケットに差し込む。そして勝ち誇ったように白い歯を見せて笑った。

「行き先、ないんでしょ？　ここに来たら、居場所をあげる」

そう言い残して、少女は踵《きびす》を返した。遠ざかっていく背中。マガミはその背中が見えなくなるまで待った。

街角の向こうに彼女の姿が消えてから、ゆっくりと胸ポケットの紙きれを広げる。そこには乱雑な文字で格納庫番号と、聞き覚えのない飛行艇名『メンシス号』の文字が書かれていた。

＊＊＊

名前も知らない軍服少女と出会って三日が経《た》った。

一週間以内に都市を出なければならなくなったマガミだったが、時間は思いのほか長かった。ひとり身で金の持ち合わせも多いわけではない青年だ。身の回りの整理をするのも半日で終わる。仕事場に行くこともなくなり、マガミはいよいよ暇を持て余していた。

手持ち無沙汰に近所の壁の掃除をしていると、真っ昼間から目立つ赤色が視界の端に現れた。

マガミは水の流れ出るホースを片手に、首をかしげる。

「まだ用事でも？」

マガミの言葉に彼女は肩幅ほどに足を開く。挑発的にゆっくりと顎を出すと、高襟から白く妖艶な首元が覗《のぞ》いた。まるでわざと見せつけるかのような動作だ。

「行く当てがなさそうだから、ウチで面倒見てあげるって言ったんだけど？」

「開口一番に出てくる台詞がそれかよ。まったく」

マガミは呆《あき》れたように肩をすくめる。

「調べたよ。メンシス号だっけ？　あまりいい噂は聞かないな」

マガミはそう言って、元職場の仲間たちに聞いた話を口にする。

「飛行艇としての正規登録は無し。空賊対策だとか、飛行都市警備をするには高出力すぎる奇妙な構造をしている上に、搭乗員は船の目的も何も語らない。でも、船体に残った傷は明らかに戦闘によるものだってさ。怪しい以外に表現のしようが無い」

「じゃあ、僕の誘いを断るってこと？」

マガミは少女のほうを見た。睨《にら》むというより、諭《さと》すというような面持ちだ。

「あんたらを助けたのは、それが正しい行いだと思ったからだ。俺は常に正しいと思ったことに準じて行動する。決して見返りが欲しかったわけじゃない。だから、あんたへの答えは二言で言える。悪いが、帰ってくれ」

内心、これ以上関わってくれるなと考えるマガミの想《おも》いに反して、少女は呆れるようなそぶりで嘲笑した。

「分かった。だったら、実力行使でいくよ」

「実力行使？」

マガミはその言葉以上に、嫌な予感を漂わせる少女の表情を目にする。

実際は初めからそうするつもりだったのだろう。肩から掛けられた外套の裾《すそ》の下。僅かに隠れた腰のあたりに先日はなかった短剣の柄《つか》が見えた。

彼女は躊躇《ちゅうちょ》なくその柄を握り、引き抜く。

青い空の下で、灰化層にも劣らぬ光輝く短剣の刃が光を反射する。まぐれではない。刀剣の反射がマガミの目元に当たり、瞼《まぶた》が落ちた。


まずい。


マガミは咄嗟《とっさ》に姿勢を低くしながら、ホースの先を握る指先に力を込めた。

少女は既に走り出している。その長く細い四肢を全力で動かすことで、瞬く間に二人の距離は狭まっていった。

一瞬の隙に接近してきた少女の目の前に、ホースから飛んだ水の束《たば》がぶつかる。

普通ならば顔をしかめる。

だが、少女は瞬き一つしなかった。

濡《ぬ》れることもいとわず、握った短剣が振るわれる。マガミは短剣の軌道に沿って身体をよじった。直後、頬に一筋の熱。僅かに躱《かわ》し損ねた。

マガミは地面に手を突き、勢いのまま少女に蹴りを放った。第六都市の郊外にいれば、喧嘩《けんか》をせずには生き残れない。マガミも多少の暴力沙汰には慣れている。

だが、相手は軍服を着るような環境にいる人間だ。流れを読まれている。

彼女は腕を小さくたたみ、脚の勢いを殺すように胴体との間に挟み込んでいた。腕で受け止められた蹴りの衝撃は、彼女の胴体の芯《しん》には響いていない。

だが、まだ体重差がある。身長はさほど変わらなくとも男女の体重には差があるはずだ。

マガミは勢いを殺された蹴りに、さらに力を込める。日々、肉体作業で鍛えたマガミの筋力をもってすれば線の細い少女を蹴り上げることなど造作もない。

読み通り、少女の脚が宙に浮いた。

やはり、強引な力押しでいける。

「ふん！」

振りぬいた足の先で、少女がさらに飛び上がった。

ほんの数メートル。

それでも、間合いを取れただけで流れは変えられる。マガミはすぐさま体勢を立て直して攻勢に転じようとした。

が、一歩を踏みしめたとき、身体に異変を感じた。

酒を飲んだときのように重心のバランスが崩れるのだ。

その場に膝《ひざ》をついて、身体を確かめるマガミ。別に何処か怪我《けが》をしている訳でもない。切られた頬の傷に触れてみるが、毒が回るには短時間すぎる。

「なんだ？」

身体の違和感を確認するように掌《てのひら》を見下ろすマガミだったが、原因は分からないままだった。目の前の少女は乱れた髪を直すように髪をかき上げ、短剣をこれ見よがしに見せつけてくる。

「案外効くんだよ。超音波ってやつは」

「超音波？」

「これを耳元で鳴らすと、君の倍ある巨人でも倒れるんだ」

彼女はそう言うと、短剣の柄元に組み込まれた機械仕掛けの装置を見せてくる。

当然、マガミがその仕組みを知る由《よし》もない。だが、現実として平衡感覚を失ったマガミは、自分の足で立ち上がるのも苦労する状態になっていた。

「でも。これ食らって反撃してきたのは君が初めて。やっぱり、僕の見立てに間違いはなさそうだ」

「なんだと？」

少女は得意げに微笑み、短剣をしまった。そして次の瞬間、彼女の足が絶妙な角度でマガミ

の顎を蹴り上げた。

遠くなる意識の中、マガミは視界の中で空の蒼さが暗転していく様を見つめることしかできなかった。

＊＊＊

マガミは何か夢を見ていた。

朦朧《もうろう》とする意識の中、何処かに運び込まれていく。なんだかデジャヴを覚える感覚の中、夢うつつに冷たい感触が背中に当たった。

その日は確か、雪の降る寒い日だった。記憶のどこか奥深くにしまっていた物が少しだけ思い出されていく。

曇りガラスを挟んだように視界は曇っているし、手足は動かない。それでも指先に感じる大気の冷たさだけは、非情なほど感じるのだ。

そんなときに、誰かが自分を包んでくれている。人肌の温《ぬく》もり。そして薄暗い部屋の中。誰かが自分に優しく語りかけていた。

声は幼いが、間違いなく信頼と愛情の色が含まれている。

耳に聞こえる音はどうしても遠く、水の中にいるようで聞き取りにくい。それでも、耳元で語りかけられる声だけは聞き取れた。

「また、会おうね」

それは約束の言葉であり、同時に別れの挨拶でもあった。忘れかけた記憶の中で、マガミは理由も分からず涙を流していた。

どうして自分はこんなにも悲しい気持ちになっているのだろうか。

なぜ、動かない身体でも涙だけはこぼれるのだろうか。

分からない。

それでも、マガミは夢の中で涙を堪《こら》え切れずにいるのだった。

＊＊＊

覚醒《かくせい》の瞬間はいつも唐突で、見ていた夢もおぼろげになってしまう。

マガミは常に鼓膜を揺らす風切り音に目を開けた。彼がいるのは薄暗い部屋の中だ。と言いながら、部屋というにはあまりにも飾りっ気がなさすぎる。

四方の全てが鉄の板で固められ、天井には小さな豆電球が一つだけ下がっている。壁には申し訳程度に一つだけ直径十センチ程度のガラス窓が付いていた。

ここは表現するのであれば、そう。監獄のような部屋、というのが正しい。

窓の外は青い空と、白銀の世界。灰化層か、と呑気《のんき》に考えたところでマガミの脳内が正常に動き出した。

ここは一体どこだ。改めて身体を見ると手足を縛られて、床に寝転がっているではないか。最後の記憶を思い出してマガミは身体を起こした。

「おいおい、まさか」

この状況。事の顛末を想像するに、その答えは容易だった。

だが、マガミがその答えを口にする前に、背後の扉が開かれる。乾いた蝶番《ちょうつがい》の音。差し込む人工的な光。そこに見えるのは二つの人影だった。

一人はよく見覚えのある少女。もう一人は、風格のある長髪の男だった。

「クルス。彼だ」

少女は感情を排した冷たい口調でマガミを指さして言った。クルスと呼ばれた男は色のない瞳でマガミを見下ろす。

彼は明らかに質の異なった雰囲気を放っていた。例えるのであれば、人を殺したことのある顔、とでもいうべきだろうか。

通った鼻筋に血色の悪い唇。瞳の色は黒く、どこまでも感情を感じさせない。長い髪は、まとめられることもなく肩まで伸びていた。近くで見ると、それなりに年を重ねているのが分かるが、遠目で見ると年齢不詳な整った顔つきをしている。

彼を前にしてマガミは、意図せずして生唾を飲み込んでいた。

「また厄介ごとを連れてきたか」

「クルスも機関士が欲しいって言ってたよね」

「欲しいのは腕のいい機関士だ」

「腕は……いいはずだ」

「はぁ」

クルスはその場にいる全員に聞こえるようなため息をこぼす。そして独房のような部屋に入ってくると、マガミの手足の拘束を解いた。

「申し訳ないことをしたな、青年。名前は？」

「マガミ」

「マガミか。私はこの船の艦長をしている、クルスだ。うちのニルが迷惑をかけたようだ。すまない」

そう言い、クルスは背後の少女を見上げた。少女は腕を組んで顎を突き上げる。自分は何も悪いことはしていないと言わんばかりの態度だった。

マガミはそこで初めて彼女の名前が『ニル』であることを知る。名前もろくに知らない少女に蹴られた上に、拉致監禁されることになるとは。呆れてしまう。

縛られていた手首をさすりながら、マガミはクルスに問いかける。

「それはいいです。お互いさまのところはありますし。それで、クルス艦長。早いところ家に戻りたいんですが」

「悪いがそれは無理だ」

「は？」

眉をひそめるマガミに、クルスは申し訳なさそうに窓の外を指さした。小さな窓には、さっき見えたのと変わらない景色が流れている。そう、景色が流れているのだ。

「嘘《うそ》だろっ？」

飛び上がるように立ち上がり、窓を覗くマガミ。そこには広大な灰化層の雲海が広がっていた。そして、当然のように耳に聞こえ続けていた風切り音は、この飛行艇が飛んでいることを意味している。

「既に本艦は第六都市を出港してしまった」

ゆっくりと立ち上がる艦長が帽子を目深に被り直した。

「次に陸に戻るのはひと月後だ。それまで、悪いが艦内で過ごしてくれ」

ただ呆然《ぼうぜん》と窓の外を見つめ続けるマガミを残してクルスは立ち去っていく。

彼が姿を消した後、ずっと仏頂面《ぶっちょうづら》を決め込んでいたニルが微笑を浮かべる。そして、余計な一言を残した。

「良かったね。これで君の居場所は確保された」

二章　～衝突～

マガミは艦内で何もしないわけにもいかず、掃除などの雑用をこなすことで暇をつぶしていた。過去の経験で飛行艇の修理をやったことがあると提言してみたものの、部外者には触らせるわけにはいかないと一蹴《いっしゅう》されてしまったのだ。

つまり、やりたくてやっている訳ではない。

金属の持ち手をしたモップがやけに冷たく感じる。拭いても拭いても綺麗《きれい》になる兆しの見えない床を前に、マガミは大きなため息をついた。

「はぁ、何やってんだ俺《おれ》は」

配管や配線がむき出しになっている船内では、掃除をしようとする暇な奴《やつ》はほとんどいない。他の船員は各自するべき仕事があって忙しくしている。そんな彼らがマガミへ向ける視線はいつも冷ややかなものだった。

それもそのはずだ。飛行艇という閉鎖的な空間では衣食住を共にする。資源を共有して生活する空間で、何の役にも立たない若造が転がり込んでくれば、そんな感情も湧《わ》いて出てくるというものだ。

もし自分が逆の立場だったら同じような感情を向けていたかもしれない。共感できる部分があるからこそ、マガミも居心地の悪さを感じているのだった。

苛立ちまぎれにバケツへモップを突っ込んだとき、マガミは通路の向こうからの視線に気が付いて顔を上げた。

メンシス号の通路には照明が少なく、いつも薄暗い。そんな通路の角で、一人の少女がマガミを眺めていた。

ベリーショートの青い髪色が印象的な少女は、眠たげな眼でマガミを眺めている。

感情の見えない無機質な瞳《ひとみ》に、マガミは軽く会釈をしてみる。彼女は欠伸《あくび》を噛《か》み殺し、通路の角のほうへ声をかけた。

「ねぇ、いた。噂の」

やたらと簡略化された言葉の羅列だった。続いて彼女よりも感情的な声が通路の死角から聞こえる。

「どんな奴？　微妙だったら挨拶《あいさつ》するのも面倒くさいから無視よ！」

さらに被《かぶ》せて大人びた別の声。

「一時的とはいえ、同じ船に乗る仲間でしょ？　ちゃんと挨拶くらいはしたほうが良いわよ」

当人たちはマガミに聞こえてないと思っているらしいが、狭い艦内では全《すべ》て丸聞こえだ。

マガミも気まずく、モップを壁に立てかけた。声をかけるのも変な気がしてしばらく様子を見守る。

「顔、悪くない」

「え？　どんな感じ？　彫りが深い感じ？　それともうっすーい感じの雰囲気イケメン？」

「あら。人を外見で決めるのは良くないことよ。やっぱり挨拶をして人柄を見ましょう」

一度物陰に隠れた青髪の少女が、再度通路から顔を出す。相変わらず眠たげな眼で数秒マガミを眺めてまた隠れた。

「細目、塩顔、ちょっと悪っぽい」

「何それ、ちょっとタイプかも。もう少し教えて」

「ねぇ。それならもう直接声かけたほうが早いわよ。行きましょ？」

一体何を話し合っているのか。マガミは先ほどとは違う意味のため息をこぼした。そして足音を忍ばせて通路の角へと近づいて行く。

角から顔を出すと、そこには予想通り三人の少女が座って作戦会議をしていた。

一人は先ほどの青髪の少女、もう一人は桃色の髪をした小柄な少女。最後の一人は長身で波打った黒髪を後でまとめている少女だ。三人は揃《そろ》いの制服を身に着けている。よく見るとニルの着ていた服の色違いで、鼠色を基調としていた。

彼らはマガミが来たことに気が付いていない様子で、あれこれ話し合っている。

「どう話しかけるの？　あのニルが連れてきたんでしょ。チンピラみたいな奴だったらどうするのよ」

「でもクルス艦長が許可したのよ？　人としては問題ないんじゃない？」

「でも、顔怖い」

「ほら、顔が怖いんだったら中身も怖いでしょ。あたし、イケメンは好きだけど怖いのは嫌い」

「あら、意外ね。すっかり貴女《あなた》はマゾなんだと思っていたけれど。そんなことないのね。残念。仲良くなれると思っていたのに」

「マゾなのはあんただけよ。一緒にしないで」

声を潜めているつもりらしいが、結構な声量で彼女たちは話を続けている。

マガミはこれ以上盗み聞きをするのも申し訳なくなり、声をかけることにした。

「なぁ。用事があるなら声かけてくれ。気が散る」

「ぎゃ!!」

三者三様に驚き、尻《しり》もちをついた彼女たちはマガミの顔を見て、数秒ほど固まった。マガミも相手の返答待ちで立ち尽くす。

微妙な空気の中で沈黙が流れた。

「お、思ったよりタイプじゃないわね」

なぜこの状況で、その台詞《せりふ》が一言目に出てくるのだろうか。桃色髪の少女がこぼすように言った。

あまりに平然と言うので不思議と無礼さは感じない。

だが、普通はそういうことは口にしないものである。ほんのわずかに心へナイフを刺されたマガミは、同じように独りよがりな別の少女を思い出してしまう。この船はそういった類《たぐい》の人間ばかりが乗っているのだろうか。

マガミは腕を組んで唸《うな》りを上げた。

「悪かったな。好みのタイプじゃなくて」

「そんなことないわよ。私は結構好み」

通路の奥にいた黒髪の少女がいち早く立ち上がってそう言った。

向かい合ってみるとよく分かるが、彼女だけ身体の発育が良い。胸も大きいし身長もマガミとほとんど同じだ。

彼女は、髪を耳にかけると右手を差し出した。

「初めまして、マガミ君。私はルシオラ。こっちの小さい子がネブラで、眠たそうな子がノクスよ。宜しく」

「居候《いそうろう》のマガミです。よろしく」

マガミは差し出された手を握る。さっきまで鉄の棒を握っていたせいか、ルシオラの掌《てのひら》がやけに温かく、そして柔らかく感じた。

妙な下心があったわけではない。しかし、何となく頬《ほお》が緩むような気がした。ルシオラもルシオラで、やけに色っぽい笑顔をするものだから、マガミは少しだけ戸惑ってしまう。

「いつまで握ってるつもりよ?」

不意に棘《とげ》のある口調が、懐《ふところ》のあたりで聞こえた。

マガミが視線を下げるとそこには桃色髪のネブラが立っていた。小さいのは分かっていたが、こちらはこちらで想像以上に小さい。マガミのヘソの高さに頭があった。

他意はないが、姿勢をずらして横から見ると、ちゃんと立っていた。

小せぇ、と心の中で呟くと、ネブラが威嚇するように歯を見せる。

「チビって思ったでしょ」

「……よろしく」

「否定しなさいよ！　否定を！」

まさしく小動物という印象のネブラは喚《わめ》くと同時に飛び上がった。

その瞬間、横から滑り込むようにノクスが彼女を抱きかかえる。まるで猫のように威嚇するネブラを捕まえ、ノクスは無表情でネブラの頭をなでていた。

ノクスは無口なタイプなのか特別な動きがこれといってない。というより他の二人が個性的すぎて目立っていないという印象だ。

「悪い。嘘《うそ》は苦手で」

「ってことはチビって思ったってことよね！　コイツ、無礼な奴よ！　許さない！　シャーーー！」

じたばたと暴《あば》れるネブラの前にルシオラが出てくる。五月蠅《うるさ》いからどっかにやれ、という仕草でノクスを遠ざけた。

「ごめんなさいね。騒がしくて。ちょっと癖《くせ》のある子なのよ」

「世の中にはいろんな人間がいるからな。気にしない」

「そういうあなたも、少し癖がありそうね」

ルシオラは何が嬉《うれ》しいのかニコニコと笑って首をかしげた。

「やっぱり、ニルが選んだ理由がありそう」

「なぁ、それなんだけど。どうしてアイツが俺を連れてきたのか、訳を知らないか？　思い当たる節がなくて」

「それは、本人に聞いてみたらいいんじゃないかしら」

ルシオラはそう言うと、一歩後ろに下がった。そしてマガミの背後に視線を向ける。今さっきまでマガミを見ていた目つきとは少し違う視線だ。それだけで、マガミには後ろに誰《だれ》がいるのか分かる気がした。

「アニマが三人揃ってサボり？」

背後から聞こえたのは予想通り、ニルの声だった。彼女は今日も赤の軍服を着こなしている。

少し違うのは長い髪を軽く編んでまとめているところくらいだ。

彼女の声がした途端、騒いでいたネブラは黙り、ノクスが目を細める。彼女たち三人組の顔に険が入った気がした。

「ちょっと噂のマガミ君に会ってみたくなってね。だって、気になるでしょ。あのニルが艦長に相談もなしに連れ込んだって聞いたんだもの」

ルシオラは言葉の裏に言いたいことの全てを覆《おお》い隠すような物言いで言う。

縄張り争いをするような、独特な言い争いの気配がびりびりとしてきた。自分を挟んで修羅場を展開するつもりなのか、とマガミは内心天を仰《あお》ぐ。

「あんたたちには関係ない」

ニルは冷たい、冷酷な口調で返した。三対一でも絶対的な自信があるらしく、強気に彼女たちを睨《にら》みつけている。

ルシオラはひと息挟んで、他の二人を見た。

「いいわ。今日は余計な邪魔が入ったけれど、またお話ししましょう、マガミ君」

「あぁ。また今度」

他の二人を引き連れるようにルシオラは薄暗い通路へ歩いて行ってしまう。

彼女ら凸凹トリオを見送っていると、不意に後ろから腕を摑《つか》まれた。振り返ると不愛想なニルの姿があった。

「マガミ、行こう」

「行くってどこに？」

「まだ船の中、見てないよね。案内してあげる」

「いや、バケツ片付けないと」

「後でいいさ。ほら」

ニルは先ほどよりも口調は柔らかくなったものの、明らかに機嫌が悪い。マガミは戸惑いながらも、彼女の強引《ごういん》な勢いに従って歩き出した。

通路は薄暗い上に、足元に配管が這っていたり謎《なぞ》のスライドが付いていていたりする。隔壁が準備されていて頭上に障害物もあった。

ニルは早歩きでその全てを器用に躱していく。マガミは何度かぶつかりながら、半分引きずられるようについて行く。

「なぁ。さっきの三人も同じ軍服着てたよな。所属が一緒なのか？」

「さっきの三人は別。アニマだよ」

「アニマって？」

「……君って意外と何も知らないんだな」

まだどこにもたどり着いていないが、ニルは足を止めた。腕を掴んだまま、彼女は鋭い視線をマガミに向ける。

「なんだよ。ずっとあの都市で暮らしてたんだ。知らないこともたくさんあって当然だろ」

「そっか。じゃあ教えてあげる」

ニルは自分に言い聞かせるように頷《うなず》いて、首元を拭《ぬぐ》う。暗くてよく見えないが、ニルは少し火照《ほて》ったように頬を赤らめているような気がする。それが怒りからくるのか、苛立ちなのか、その理由は分からない。

だが、彼女が滲《にじ》んだ汗を拭ってから説明を始めた。

「アマデウス機構は知ってる？」

「飛行都市の動力機構だろ。灰化層《はいかそう》を原料に電力だったり推進力だったり幾つかのエネルギーに変換できるとかなんとかって聞いたが」

「大方正解。で、そのアマデウス機構は誰が動かしてるかは？」

「操縦士か、機関士じゃないか？　その辺まではよく知らないな」

「じゃあ、そこからだね」

ニルはそう言うと、やっとマガミの腕から手を離した。そして冷たい金属の壁にもたれかかる。

「アマデウス機構はこの船の動力にも使われているんだけど、その構造は未《いま》だに解明されていない失われた技術なんだ。今から三百年も昔に作られた物が残っているだけ。普通の人間では操縦どころか起動もできない代物だった。それを動かせるように特殊な手術と訓練を受けたのがアニマだよ」

マガミは初めて聞く話で、興味深げに頷いた。

「なるほどな。じゃあ、あんたもアニマのひとりってことか？」

話が読めたと呟《つぶや》いた一言が、完全に藪《やぶ》蛇だったことにマガミは遅れて気が付く。ただでさえ蛇のように冷たい瞳をしたニルが、歯を向いて睨んでいた。

「えっと、違うのか？」

「全然違う。あれは使うほど消耗して最後には使い捨てられる、ただのアニマだ。僕は別。別の中でも一番特別な存在。あんなのと一緒にしないでほしいな」

「悪かったよ。分かった。あんたが特別なのは、見ればなんとなく伝わる」

「何となくじゃない。はっきりと違う」

彼女のプライドからくるのか、妙なこだわりを見せるニルが背を起こしてマガミに向かい合った。

そんなに怒らなくても、と思いつつも地雷を踏んだ手前、マガミも無下に突き放せない。こういうときは謝りの一手に限る。

マガミは両手を合わせて頭を下げる。

「分かったって。癇《かん》に障ることを聞いて悪かった。謝るよ」

「……本当に分かった？」

「あぁ。あんたは特別。あの三人とは別格。そういうことだろ？」

ニルはまだ怪しむように上目遣い《うわめづか》でマガミを見つめる。遠慮なくガンを飛ばしまくる少女が急に上目遣いを使うと、不意を突かれたように心に来るものがあった。

マガミは僅《わず》かに高鳴る心を落ち着かせる。

「あと、あんたじゃない。僕のことはニルと呼んで」

会話の終わりにまた一つギャップ萌えをいかす台詞を落とし、ニルはマガミの手を掴む。

マガミは痛いほどに掴まれた腕を引っ張られながら、そう言えばさっき呼び捨てで呼ばれたな、などどうでもいいことを思い出していた。


ニルの案内によって、メンシス号は他の飛行艇と比べると遥かに小さな船だと分かった。

搭乗員は全部で三十人足らず。居住を目的にした数千人クラスの都市機能搭載型の船と同等のスペックを持ちながら、サイズだけで言えば百分の一くらいの容積になっている。

そもそも独立したアマデウス機構を搭載した飛行艇自体が珍しい。

大抵は母船と位置付けられる独立飛行都市に接続した形での飛行艇、もしくは動力の一部を蓄電した超小型艇が飛行艇のイメージだ。そういう意味では、この船は本当に小型で独特な設計をしていた。

マガミは最後に艦橋へ連れていくと手を引くニルに話しかける。

「こんな特殊な船、何のために造ったんだ？」

「それはもちろん、戦うためだよ」

「何と？」

率直な疑問に、ニルは歪《いびつ》に口元をゆがめて笑い「そのうち分かるさ」と楽しそうに返した。

その無邪気さに、なんだか嫌な予感がする。

彼女に出会ってからというもの、良いことがあまりない。マガミはやたら強く握られた腕を意識しながら、何か不吉な運命に縛られているような不思議な気分になった。

細い通路を抜けていった先に、複数の人の気配を感じた。メンシス号の艦橋、いわゆる指令室と呼ばれる場所に二人は踏み込んだ。

艦橋自体はそれほど広くない。正面と左右の壁は大きな窓ガラスになっているが、随分と擦《す》り傷《きず》や汚れが目立っている。中央に置かれた椅子《いす》がひときわ高い位置にあり、扇状に数脚の椅子が床に固定されていた。

その艦橋では、数人の男たちに紛れて白衣姿の女性もいた。拉致された当日に会ったっきり、顔すら見なかったクルス艦長と一緒に何かを話していた様子だ。

彼らは挨拶もなしに入ってきたニルを見て、視線を手元に戻す。そして再びニルのほうを見た。正確にはマガミの腕を握りしめているニルの状況を二度見する感じだ。

なるほど。マガミはニルの挙動が普段と相当違うのだろうと想像する。

「マガミ、ここが艦橋。操縦しているときはクルスと、この管で会話するんだ」

ニルは艦橋にいる一同からの視線も意識せず、艦長椅子の近くにある伝声管を覗《のぞ》き込む。

そしてそこに向かって「わっ！」と声を出した。少しの空白を開けて、向こう側から「ぎゃ！」と驚く声が聞こえてくる。

今の声はネブラだろうか。可哀想《かわいそう》に。そんなことをしているからあんなに嫌われるのではなかろうか。マガミはいたたまれない気分になる。

「ほら。良く聞こえる」

伝声管の向こうでネブラの吠える声が聞こえだし、ニルはラッパ状の末端に取り付けられた蓋《ふた》を人差し指で閉じた。

「で、そこにいるのが艦長のクルス。もう知ってるよね。それから、副艦長のサエに計器士のササナミ、音響士のタニガキ、航海士のアカギ、ゼン、オオタニ。あと、いつもはいないけど、健康管理のアガタだ」

矢継ぎ早に人の紹介を進めるニルの勢いについて行けず、マガミは戸惑いながら皆に挨拶をしていく。

おそらくだが、それぞれの顔を見るに、ニルが彼らの名前を覚えているということが意外なのだろう。驚きの顔やはにかむ顔がそれぞれに浮かんでいた。全くの無表情なのはクルス艦長とサエ副艦長の二人だけだった。

「今日は随分とご機嫌ね」

ニルの勢いに押されっぱなしだった艦橋で、一番に口を開いたのはアガタだった。中年の女性で、髪留めでまとめた頭には白髪が混じっている。比較的、若者の多い艦内では明らかな年長者のように見えた。

「体調は問題ない？」

「陸で休んだから。悪くはない」

マガミと話すときより、明らかにトーンを落としてニルは答える。アガタは軽く微笑むと、今度はマガミを見た。

「あなたは？　飛行艇に乗るのは初めてって聞いたけれど、乗り物酔いになってない？」

「ええ。今のところは問題なく。以前は外壁修理をしていたので、揺れには強いんだと思います」

「あら。なら、この船の修繕もできそうね」

「何かお手伝いできないかと聞いてみたんですが、断られてしまって。ただ、部外者に触って欲しくないところがあるというのは理解してます」

「そうね。この船は色々とイレギュラーが多いから。ねぇ、クルス艦長？」

突然、話を振られたクルスは帽子を目深に被り直して明後日の方角へ視線を向けてしまった。

なんだか居心地の悪さを感じたマガミが話題をそらすように付け加える。

「とはいえ、何かお手伝いできることがあれば言ってください。居候の身で何もしないというのは、どうにも居心地が悪くて」

マガミとしては、気を利《き》かして言った言葉のつもりだった。

だが、思わぬところで爆弾を踏んだらしい。

「居候?」

マガミの隣でニルが首をかしげる。声のトーンがさらに一段低くなっていた。付き合いは短いが、彼女が機嫌を損ねたときに出す声くらいは既に分かっている。

「マガミはウチの船員にするつもりで連れてきたんだけど」

ニルの言葉はクルスに向けられている。

だが、クルスは窓の外に視線を向けたまま微動だにしない。

一気にニルの機嫌が悪くなっていく。それに伴って、艦橋にいる船員たちも我関せずと各々の仕事に戻っていく気配があった。

「身元も素性も分からない人間をメンシス号に配置することは許可できない、ということです」

一向に返答をしないクルスに代わって、口を出したのは副艦長のサエだった。

ニルに負けず劣らずの鋭い眼と、綺麗に帽子の中にまとめられた金色の髪が印象的な彼女は、一切《いっさい》の私情を挟まない断固とした口調で続ける。

「メンシス号の運用は現場指揮官である艦長の采配による部分は大きいですが、基本的運用に関しては条項が定められています。人員に関しては第四条三項へ記載がある通り――」

「うるさい。下っ端の話は聞いてない。僕はクルスに訊いてる」

直立不動のサエと、斜に構えるニルの視線がぶつかり合う。実際には何もなくとも、二人の視線が虚空でぶつかり合い火花が散る様が見える気がする。

気の強い猛者同士のぶつかり合いに飛び込んでいく度胸も器量もないマガミは、助けを求めるように視線を泳がせた。

だが、一体何処《どこ》の誰が一歩踏み入ればもみくちゃにされると分かっているところへ割って入るだろう。

じりじりと気温が上昇していきそうな艦橋に、終わりの合図とばかりに手を叩く乾いた音が響いた。

「よしなさい。ここでの喧嘩《けんか》は、ご法度《はっと》よ」

アガタが仕方ないといった態度で二人の仲裁に入った。そしてクルスの横腹を小突く。

「どうするの、艦長？」

クルスはしばらく沈黙した後、咳払《せきばら》いをした。喉《のど》の調子を確かめるようだった。

「格納庫のカナヤゴに訊け。事情は私から伝えておく」

「だって。良かったわね、マガミくん」

流石、度胸の据わった大人の女性は違う。きっと数知れぬ修羅場をくぐってきたのだろう。マガミは尊敬のまなざしをアガタに向ける。彼女は、軽くウィンクを返してくれた。

「そうと決まれば早めにカナヤゴくんのところに行ったほうが良いわ。艦長の気が変わらないうちにね。それから、ニルはこのまま私と一緒に医務室に来てちょうだい。検査の続きが残ってるわ」

「検査？　この前終わったって――」

「いいから行くわよ」

カツカツと靴を鳴らして先に行ってしまうアガタを見て、ニルは少し迷ってからマガミの手を離した。

「じゃあ、また後で」

ニルは寂《さび》しげな視線をマガミに残し、艦橋を立ち去って行った。

腕を強く握っていなくとも、ここは既に孤島と化した飛行艇の中だ。少し離れるくらいで寂しそうにすることもなかろう。マガミはそう思いながら、彼女を見送った。

彼女の赤色の軍服が見えなくなってしばらくした後、艦橋にクルスのこれ見よがしな小さなため息が聞こえ漏《も》れた。

＊＊＊

久々に感じる風の感触。マガミは防護マスクのガラス部分を拭う。灰化層の上部を飛んでいても、風に舞い上がった微量の粉塵がマスクにまとわり付くのだ。

見渡す限りの白銀稜線。頭上高くに上り続ける太陽は眼が痛いほど光り輝いている。僅かに上下を繰り返しているメンシス号は、定期検診のために低速で安全飛行をしていた。

日々、暇を持て余していたマガミは、メンシス号の機関長であるカナヤゴの許しを得て外装点検の仕事を任されていた。

元々、第六都市では外壁の修繕を任されていたマガミは、不安定な足場での仕事を生業《なりわい》としていた。流石に飛ぶ飛行艇に張り付く仕事は初めてだが、嵐《あらし》の夜に外壁を修理した経験に比べれば遥かに容易《たやす》い。

メンシス号の最上部にあるデッキからカナヤゴの顔が出てきて手信号を飛ばしてくる。

『作業進捗は？』

マガミはまた防護マスクのガラス部分を拭い、片手で信号を送る。

『船艇《せんてい》の右は終わり。左が残り二割』

カナヤゴは空を指さして返答。

『ハロが出てる。天気が崩れる。早く終わらせろ』

そう合図すると頭を引っ込めた。マガミは改めて空を見上げると、立ち眩《くら》みのしそうな青い空に真っ白な太陽があった。

確かに大きなハロは天候が崩れる合図といわれている。そのハロが太陽を中心にして堂々と円を描いていた。

マガミは腰のバックルを調整しながら、テンポよく身体を船体の左に動かす。正面から受ける風の抵抗をうまく利用して重心を移動し、あっという間に左側面に取りついた。

メンシス号は明らかに装甲過多な造りをしている。外見のサイズ感からすると内部にはもっと大きな通路や部屋があってもおかしくないと思ってはいた。

だが、外部装甲の厚さを見て、マガミはその違和感に納得したのだった。おそらく、一般的な居住型飛行都市の装甲の五倍以上の強度を前提として造られている。

それが顕著に分かるのが、独特な装甲の取り付け方だった。

一般的な外装甲は溶接やカシメ構造でがちがちに固めるのだが、メンシス号の装甲はそうではない。飛行艇全体の装甲が幾つにも分かれているのだ。例えるのなら亀の甲羅のように、一定の形状で同じパーツが並んでいるような状態だ。

取り付けられた強化装甲は一枚一枚が独立して取り付けられており、破損時にも短期間で取り換えができるような仕組みを採用している。長期戦、連戦を意識した構造ということだろうか。

マガミはこの船の航行目的を想像しながら、一枚一枚の装甲を確認していった。

今日確認するべき装甲の全てを確認し終えたマガミは、腰に取り付けられたリールを巻いていく。先ほどカナヤゴが顔を出していたデッキへよじ登ると安全柵を越えて、中に入る。

密閉扉は二重になっており、狭い空間で防護服の脱ぎ変えを行うようになっていた。服をロッカーに押し込むと、今度はエアバルブを開いて身体に付いた灰化層の微粒子を飛ばす。一通りの作業が済んでから二つ目の密閉扉を開けて船内に入った。

すり減った簡素な梯子《はしご》を下ると、格納庫に続く通路に出る。一直線に続く廊下を抜けて格納庫へ入ると、先ほど頭だけが見えていたカナヤゴが道具の点検をしている姿があった。

「外装の点検終わりました」

「おう。お疲れ。やっぱり都市の外壁修繕技師だっただけあるな。他の連中よりも仕事が早い」

振り返ったカナヤゴは人懐っこい笑顔で言う。

彼はこのメンシス号の機関士、総勢十数名をまとめる機関長だ。狭い船内でひと際大きなガタイをした彼は、その体格と筋肉に似合わず非常に手先が器用な男でもあった。

筋肉質な両肩には入れ墨が刻まれ、刈り上げられた頭の両サイドにもおまけ程度に入れ墨がある。いわゆるバーバースタイルという髪形とも重なり、とにかく厳つい印象があるが、その実は甘党な優しい男だった。

「外装の右二十三番と右十八番は変えたほうがよさそうです。外れかかってました。あと、左の四十三、八十二、八十八は取り付けが甘かったので付け直ししてます。しばらくは持ちますけど、気にしたほうが良いかもしれないですね」

腰から下げたメモ帳を見ながら話すマガミ。彼のメモを覗き込んでカナヤゴは困ったように眉《まゆ》を八の字にした。

「お前、あの中でこれ書いたのか?」

「ええ。これだけ番号があると暗記できないです。作業してると忘れちゃいますし」

「とんでもない奴だな。お嬢は良い拾い物をしてくれたぜ」

カナヤゴはそう言い、狭い格納庫に響く笑い声を上げた。どうやら、機関士たちの中では、ニルのことをお嬢と呼ぶ習慣があるらしい。

確かにつんけんとした態度と、自分本位なわがままっぷり、それに加えて容姿端麗と来ればお嬢様を想像させなくもない。

ただし、割と厳つい人が多い機関士たちが口を揃えてお嬢と呼ぶと、別のイメージにつながる気もした。

輩《やから》の総大将、という意味合いのお嬢、である。

もしかしたら、そっちのニュアンスのほうが強いのかもしれない。

あれこれと想像を膨らましていたマガミは、ふと思い出すように口を開く。

「カナヤゴさんはニルとは付き合いは長いんですか？」

カナヤゴは作業の手を止めることなく、「ひい、ふう、みい」と数を数えながら答える。

「どうだったか。この船の建造からの付き合いだから六年ちょっとか。あの頃のお嬢はまだこんなに小さかったがな」

嘘か本当か、カナヤゴは自分の太ももあたりに手を添えて笑った。

「彼女、昔からあんな感じだったんですか」

「あんな感じとは？」

「気を悪くしないでほしいんですが、強引というか冷淡というか。だってこの船に乗る前は妙に突っかかってきてたのに、船に乗った途端」

そこまで口にして、マガミは摑まれていた腕を見た。あれは手をつないでいたとは言えないが、そう見えなくもない。

どう表現するべきか迷っていると、カナヤゴのニヤつく顔が視界に入る。

「なんというか、ちょっと親切な感じになったり。かと思えばまた不機嫌になったりを繰り返して、よく分からないんですよ」

なんだか理由の分からないモヤモヤとした恥ずかしさがこみ上げてきたマガミは、誤魔化《ごまか》すように自分の作業ロッカーを開いた。

「そりゃ、お嬢も年頃の乙女だからな。あれぐらいの乙女は、秋の空よりもコロコロ態度が変わるってもんよ」

「それってぃい意味ですか、それとも悪い意味ですか?」

「それはお前次第よ」

カナヤゴは磨き上げたレンチの先をマガミに向ける。そして手の中でくるくると回転させたかと思えば、器用に腰のポーチに差し込んだ。

「とにかく、お嬢はお前といるとご機嫌なことが多いってのは確かだな。お前が来る前はずっとむくれて、目の合う奴に片っ端から噛みついてる感じだったからな。なんだか急な変わりようで、こっちが戸惑ってるってもんだ」

「そんなに違いますか」

「あぁ。だから、お前もお嬢に優しくしてやれよ」

カナヤゴはそう言いながら、マガミの肩を優しく叩《たた》く。

「お嬢もたくさん、色んなものを抱えてんだ。お前が想像できないほど多くのものをな」

「例えば?」

「そりゃ、お前。俺の口から言えないだろ。そもそも俺もそんなに詳しくはねぇ」

「まぁ、そうでもなければあんなに捻《ひね》くれない、か」

マガミが頭の中で思い浮かべるニルは、誰とも似ない異様さを帯びている部分があった。

第六都市で見てきた普通の少女たちと比べて、かなり拗《こじ》らせている。そういう人間には大抵、過去に傷があったり、未だに引きずるトラウマがあったりする。

マガミの記憶にあるそういった類の人物を思い起こし、ニルと並べてみた。だが、どれも彼女の勝気な態度に一蹴されてしまうような気がした。

考えるだけ無駄なことと思い、マガミは頭を振った。

「それで、外装確認の次は何しますか？」

振り返った先でカナヤゴが格納庫の奥を指さしていた。まだ船の内部構造を把握しきれていないマガミは首をかしげる。

「アマデウス機構。まだ見せてなかったよな。定期確認ついでに見せてやる。ついて来い」

ゴリラのように大きな巨体を揺らし、カナヤゴが格納庫の出口に入り込んでいく。

マガミは自分の道具入れから工具のぶら下がったベルトを取り出して腰に巻くと、慌てて彼の背中を追いかけた。

アマデウス機構は数多くの飛行都市に搭載されている動力機構だ。

内部構造だけでなく、構成している金属からセラミックまで、現在の技術では何一つ再生できないとされている。数百年の時をかけて、人類が完全に失ってしまった技術のひとつだった。

マガミはカナヤゴの案内に従い、メンシス号の深部に向かっていく。飛行艇の中心部。最も強固に守られた場所にアマデウス機構は搭載されているようだ。

「うちのアマデウス機構は少し特殊でな。同出力のアマデウス機構を二つ搭載してる形をしているんだ」

カナヤゴは何も知らないマガミに手ぶりを付け加えながら話を進めていく。

「お嬢は他のアニマと違ってアマデウス機構の性能を高く引き出せる。だけどな、出力が強すぎて安定しない。だから別のアニマがもう片方のアマデウス機構を操作して出力を相殺させて動かす仕組みなんだ」

分かり易いようで分かり難《がた》い内容だ。マガミは小首をかしげる。

「そんなことをしてアマデウス機構は大丈夫なんですか？」

「アマデウス機構は問題ない。どちらかといえば問題なのはアニマのほうだな」

頭を掻《か》きながら、カナヤゴは困り顔を浮かべた。

「お嬢の出力が強すぎるんだ。ブレーキ役のアニマの消耗が激しい」

「ニルと他のアニマはそんなに能力が違う、と？」

「普通はそんなに違うなんてことはないが。お嬢が特別なんだろうよ。詳しいことは俺もよく知らんが」

あれこれと話しているうちに二人はアマデウス機構の収められている部屋の前に到着した。

重たい密閉扉の前に立つと、近辺に冷気が漂っているのが分かる。

アマデウス機構は稼働すると放熱ではなく、吸熱する特性を持っているのだ。何から何までよく分からない機械だった。

密閉扉の手前に置かれた凍傷防止の分厚い手袋をつけ、カナヤゴが扉を開こうとする。むき出しになった太い腕に血管が浮き上がった。ゆっくりと開く扉の表面から薄い氷の層が剝《は》がれ落ちて地面に散らばる。

厚い密閉扉が開くと、中から流れ出る冷気が白い靄《もや》になって足元に広がっていった。カナヤゴは「壁に触るなよ。皮膚が剝げる」と恐ろしい忠告をしながら中に入って行く。

部屋の内部は青い光に包まれていた。アマデウス機構が稼働するときに発生する発光現象だ。話には聞いていたが、実際にその光景を初めて目にするマガミは言葉にならない感情を声にしていた。

「これがメンシス号のツインアマデウス機構だ」

カナヤゴは誇らしげに目の前の重なり合った二つのアマデウス機構を見上げる。

そこにあったアマデウス機構は奥行き、幅が六メートルほどで、高さが半分ほどだ。二つ重ねることで丁度正方形に近い形になっていた。不自然なほどに真っ直ぐに整えられた金属の板で囲われ、所々内部が見えそうな継ぎ目があった。光はその継ぎ目から漏れている。

「このサイズなら、大体二千人クラスの飛行都市が動かせるくらいですよね？」

マガミがそう言うと、カナヤゴは感心したように頷いた。

「なんだ、見たことあるのか？」

「手書きの資料を見たことがあるだけです。本物は初めて見ましたよ」

初めて見るアマデウス機構を隅々まで観察しながら、マガミはかつて読んだ文献の内容を思い起こしていた。

アマデウス機構にもサイズがあり、大きさに応じて出力が異なる。おおよそ、体積の二乗で出力が上がるらしい。つまり小さな質量の上昇で出力は大きく上がるということだ。

なので、山のような巨大な飛行都市も、それなりのサイズをしたアマデウス機構によって飛行を可能にしている。

この小さな部屋に、二千人が暮らせる飛行都市を動かし続ける動力が収まっている。という事実を目の前にして、マガミは不思議な気持ちになった。

「ここから艦内の電力、推進力、その他諸々のエネルギーを供給してる。この部屋には定期的に異常がないかを見回るくらいで、何かをいじるってことはない。ここが故障したときは、この船が沈むときってことだ」

カナヤゴは大きく身震いをして部屋を出た。脂肪の少ない身体でここに長居するのは辛《つら》いのだろう。マガミも続いて外に出ると、扉を閉めたカナヤゴが隣の区画を指さす。

「で、ここの隣にあるのが操縦室だ。普段、俺たちが入ることは少ない。メンテナンスをするときか、アニマから調整を依頼されたときくらいだな。一応、見てみるか？」

「ええ。問題なければ」

「ちょっと待てよ。この時間に操縦室にいるのは誰だったか」

几帳面に胸ポケットに入れた手帳をめくり、カナヤゴは操縦士であるアニマを確認する。そして「大丈夫だな」と頷いた。少なくともひとりは操縦室を覗かれて機嫌を損ねる人間がいるということが分かった。どうせ、ニルなのだろうが。

操縦室の入り口は、密閉扉とは異なる独特な形状をしていた。取っ手が足元にあり、立体的に開くような構造をしている。狭い艦内では見たことのない開閉様式だ。

カナヤゴは天井《てんじょう》に取り付けられた伝声管を掴む。

「忙しいところ悪い。カナヤゴだが、新入りに中を見せてやりたい。扉を開けてくれないか？」

伝声管に語りかけた後、短い返事が返ってくる。

「別に、いいよ」

声色の感じから、中にいるのがノクスだと分かる。カナヤゴの声かけの後、少しして扉が自動で動き始めた。

「操縦室は多少手は加えたが、アマデウス機構の一部になってる。だからアニマかニルしか扉を開けたり、計器を動かしたりできないんだ。間違ってもお前が開けられるもんじゃないから、メンテのときはニルにでも立ち合いを頼め」

なるほど。どうりで扉の構造や素材に違いがある訳だ。マガミは納得する。

ゆっくりと開いた扉から首を差し込むと、操縦室が一望できる。扉は操縦室の後ろから入る様式だ。四方のみならず、上下にも取り付けられた特殊なパネルには、船外の様子が本物同然に映し出されていた。

まるでガラス張りのような錯覚を受けるが、ここはメンシス号の中核部分で最も外界から遠い位置にある。これも失われた技術のひとつらしい。

フルスクリーンの壁面の中央に、乗り出すように造られているのが操縦席だ。

座席が直列するような形状をしている。後部座席は誰も座っておらず、前席にノクスが座っていた。相変わらず瞼《まぶた》が半分落ちた眠たそうな目を来客の二人に向けている。

「マガミ、久しぶり」

ノクスはマガミを見つけて小さく手を振ってきた。マガミも軽く会釈をして返す。

この船で普通に挨拶をしてくれる数少ない相手がノクスである。狭い船内では自然とアニマたちと顔を合わせる機会も多く、彼女たちとも打ち解けてきた感があった。それこそ他愛のない雑談をするくらいには、である。

なにより彼女たちは誰かさんのように、こちらの都合など無視して腕を摑んで連れ回したり、睨んできたりしてくることは無い。

ただ普通というだけで、こんなに安堵《あんど》するとは。

と、マガミは思った。

「ノクス、調子はどうだ？」

「う～ん。普通」

「なら、よかった。あんまり無理するなよ」

「うん」

カナヤゴは妙に心配するように声をかけている。手短な挨拶を終わらせ、カナヤゴとマガミは来た道を戻っていく。

マガミもこれでメンシス号の大方全ての施設を回り切った。各個人の部屋や医務室は別として、普段仕事で関《かか》わるようなところは全て、という意味だ。

後は、搭乗員の把握くらいだろうか。力関係や人間関係、そのあたりが分かると仕事もやりやすくなる。

そう思いを巡らしていると、突然艦内に緊急事態を告げるベルの音が響いた。通路壁面に取り付けられている三種類のベルのうち、黄色に塗られたベルが鳴っていた。

「あれは？」

マガミが指さすと、カナヤゴが答える。

「警戒態勢を告げるベルだ。黄色が鳴るってことは、人間が相手だ。まぁ、空賊ってところだろうな。一戦交えるぞ」

普通ならば非常事態のはずだが、何故《なぜ》かカナヤゴはそれほどの緊張感も持たずに、その場から駆け出した。

空賊との戦闘を一番よく見れる特等席に連れていってやる。

カナヤゴはそう言うと、渋るマガミを船艇《せんてい》の最上部であるデッキへ連れていった。

防護装備を身に着けたまま、デッキの安全手すりに身体を固定する二人。メンシス号は安全航行時とは比較にならない速度を出している。気を抜けば吹き飛ばされるような風が吹いていた。

互いの身体を繋《つな》ぐザイルと共に簡易的な伝声管を互いの体に接続して、初めて会話ができていた。

「マガミ、九時の方向に機影が見えるか？」

カナヤゴが指さす方角に、マガミは目を凝らす。

日差しに時折煌《きら》めく小さな物体が複数飛んでいるのが見えた。独立飛行都市から離陸した、簡易飛行艇だ。

「連中の本体は、六時の方向だな。うまく高層雲に隠れてる」

そう言い、カナヤゴはメンシス号の後部を指さした。

空へ向かって立ち上がり始めた雲の姿が、灰化層の上に広がって見える。まるで雪山のようにも見えるその中に、一瞬だけ人工物が見えた。

大きさとしてはかなりのサイズ感がある。三千人クラスの飛行都市のように見えた。

カナヤゴはデッキの中に身を屈めて、艦橋に繋がる伝声管を開く。

「九時の方向に機影六。六時の方向に敵本隊の飛行都市。おそらく三時方向から挟み込んでくるぞ。オバー」

『……分かった。対応はニルに任せる。何か動きがあれば伝えてくれ。アウト』

おそらくクルスの声で返答があり、その後はただの沈黙だけが残った。カナヤゴは小さな双眼鏡を取り出してあたりを見回す。

マガミは業務連絡を終えるのを待ってから、口を開く。

「カナヤゴさん」

「なんだ？」

防塵マスクの下でいつもより鋭い視線をしたカナヤゴがマガミを見下ろした。マガミは灰化層の上に揺れる空賊を指さす。

「彼らはどうしてこんな小さな船を襲うんですか？　空賊は大抵食料を備蓄していそうな大型の飛行都市を狙《ねら》うものだとばかり思っていましたけど」

「あぁ。まぁ、大抵の空賊はそうだ。食料生産用の、つまりは農業用の水資源と陸を持ち合わせていない小規模な飛行都市が、より潤沢な資源を持つ飛行都市を襲う。それが空賊の基本だ。

だが、たまに妙な連中もいる」

カナヤゴはそう言うと、再び双眼鏡で六時の方向を見つめた。

「妙な連中？」

「あぁ。陸を拠点にして活動するような小型飛行艇や、輸送船を狙って襲い、乗組員を人質に身代金を請求してくるような奴らだ。これが、単純な物資の強奪よりたちが悪い」

そう言ったカナヤゴの顔が、双眼鏡の下で歪《ゆが》んだように見えた。

「奴らはネズミのように船に入ると、容赦なく暴れやがる。男は半殺しにして、女は飽きるまで犯す。徹底して抵抗できないように服従させてから、本部に金や食料を請求するんだよ。だからこっちは絶対に連中を船に接触させたらならねぇんだ」

「そんな連中がいるんですか」

「あぁ。この世界は、お前さんが思ってるより酷《ひど》いもんなんだぜ」

確かに、第六都市にいた頃にも空賊の話は聞いていた。接岸して補給をする飛行都市の連中は、空賊を酷く毛嫌いしていたのだ。

あの頃はそんなこともあるのだな、という程度に思っていた。しかし、メンシス号に乗った今では、空賊の問題も他人事ではない。ましてやこの船にはニルやアニマたちが乗っている。空賊を船内に入れることだけは、なんとしても避けねばならないことだった。

カナヤゴはマガミの不安を感じたのだろう。大きな手で、マガミの頭を撫《な》でる。

「うわ、なんですか？」

「はは、まぁ安心しろ。この船があんな連中に負ける道理はねぇ」

いつも通り、豪快に笑ったカナヤゴはマガミの肩をぐっと引き寄せた。

「いいか、マガミ。メンシス号の戦闘は他の船とは一味違う。戦い方の癖を覚えろ。どこをどう調整するのか、何を優先度高く修理する必要があるのか、それを身をもって感じろ」

「はい」

次第に近づいてくる敵の機影を見守りながら、マガミは安全バーを強く握る。

灰化層の上を滑るように近づいてくる飛行艇は、どれも同じ構造をしている。楕円形の搭乗部には二名が乗り込み、一人が操縦、二人目が圧力式の短銃を抱える。単発の飛行出力を船体の後部へ取り付け、黒い排気を吐き出しながら安定制御用の両翼を広げていた。

接近する機影。搭乗する相手の顔が見えるほどの距離になって、メンシス号は突然船体を大きく傾けて旋回を始めた。飛行艇のサイズにしては、かなり小回りが利く。

急な出力上昇で、身体に慣性が働いた。マガミは思わず歯を食いしばり、両手で安全バーを握る。

メンシス号は最小の旋回をしながら、追従してくる敵を背後にまとめる。灰化層を巻き上げながら、僅《こ》かに船首を上に向けるとそのまま一気に船体が空に舞い上がった。

大きな弧を描きながら船体に捻《ひね》りを加えて、敵と進行方向を揃える。重力とは真反対の方向へ船体の上部を向ける。真下に敵機を見下ろす位置に数秒停止すると、重力を利用して灰化層に船首から勢いよく飛び込んだ。

空高く舞い上がる灰化層の波。当然、空気は乱され、暴風となった灰化層は荒れ狂った嵐のようになり、小型艇を飲み込んでいった。

視界の無い灰化層を高速で走るメンシス号が、再び青い空に向かって突き上がる。そのときには、追従していた小型船の姿はどこにもなかった。兵装をひとつとして使わず、六機の敵飛行艇は灰化層の中へと落ちてしまっていた。

メンシス号は数分とかからず敵を撃退した。六機の船に乗っていた計十二名は、間違いなく死んだだろう。灰化層に沈んで助かることは稀だ。ましてや陸が近いわけでもない、こんな場所で。

マガミは虚空を漂う灰化層の煌めきを前に、ただ茫然としていた。

『デッキ、敵影は？』

操縦室からの声が二人の耳に届いた。ニルの退屈そうな、抑揚のない声だ。少し遅れてカナヤゴが返答する。

「こっちからは見えない。オールグリーン。本隊に仕掛けるか？　オバー」

『ちょっと遠い。それに今のでノクスがへばったから、また今度だね』

「分かった。撤収だな、アウト」

眼前で人を飲み込んでいった灰化層の揺らめきが、次第に落ち着いていく。

メンシス号は撤退していく敵影を追いかけることもなく、平常運転に戻っていった。出力が落とされ、速度が安定していく中で唖然としていたマガミの肩をカナヤゴが叩いた。

「落ちた連中には悪いが、これが空の上での日常だ」


艦内に戻ると、既に警報を告げるベルは停止して普段通りの雰囲気が戻っていた。

各自各々の作業に戻り、淡々と仕事をこなしている。なんだかそのことに違和感を覚えつつ、マガミは自室へ向かっていた。

今まで人の命を守るために灰化層や嵐といった自然現象と戦ってきたマガミにとって、人間同士が本気で命の取り合いを行う場面を見たことはなかった。

常に自分がベストを尽くすのは誰かの命を守るためで、奪うためではない。結果的に命を守ったとしても、その代わりに誰かの命を奪うということは滅多になかったのだった。

「なんか、慣れないよな。こういう感じ」

前髪をかき上げ、頭をリセットしようと目をつむる。ここ最近で色んな環境の変化があった。そのことで、普段感じないような疲れを覚えていた。

少し休もう。マガミが各自の部屋があるフロアへ向かって階段を下りたとき、誰かの怒鳴る声が聞こえてきた。

「あんた、何様のつもりよ！」

耳にキンと響く声はネブラのものだ。割と叫んでいることの多い彼女だったが、いつもより真剣な声色にマガミの足が止まった。階段の真ん中で気配を殺して、通路を覗き見る。

そこにはノクスを抱きかかえるネブラと、彼女たちを見下ろすニルの姿があった。

マガミは嫌な予感がした。しかもよりによって、いつも仲裁に入るルシオラの姿がなかった。

「何様？　それはこっちのセリフ。僕の足を引っ張るんだったら、それはこの船に要らない」

怒りも何も感じさせない冷たい声色でニルはノクスを指さしていた。まるで人を物のように、それ、と言い放つさまは、あまりに冷酷に見えた。

悔しそうに歯ぎしりするネブラは、小さい身体で懸命にノクスを支えている。何か言い返そうにも、目に溜《た》まった涙をこらえるので精いっぱいらしい。

見ていられない。マガミはわざと大きな足音を鳴らすようにフロアに下りた。

彼の気配に気が付いた彼女たちが視線を向ける。薄暗い通路に下りたのがマガミだと気が付き、ニルの表情がいくらか緩んだ。

「マガミ。どうだった？　あれくらいの相手ならいつもあんな風に――」

腰に手を当てて得意げに話し出した彼女の前を横切り、マガミはネブラの前に膝《ひざ》をついた。

ネブラは強気に目を見開いているが、今にもこぼれ落ちそうなほどの涙を瞳に溜めている。

よほど悔しかったに違いない。噛んだ下唇に血がにじんでいる。

ノクスはネブラに抱えられたまま意識を失っているように見えた。顔の血色はいつも以上に青ざめているし、鼻からは血が滴《したた》った跡が顎にまで残っている。普通の状況ではないのは見てすぐに判断できた。

「医務室に運ぼう」

マガミがそう言うと、ネブラは黙って頷く。

ノクスを抱きかかえると、ぐったりと力なく彼女の腕がしなだれた。思っていた以上に軽い彼女を抱きかかえたところで、道をふさぐようにして立つニルと視線がかち合う。

あぁ、機嫌の悪いときの目をしている。

マガミは、ニルの攻撃的な赤い瞳に正面から向き合った。今回の状況を見るに、マガミは確固たる確信をもって自分のポジションを取れる気がした。

今のはニルが正しくないことをしたと。

「ニル。そこを退《ど》いてくれないか？」

「どうして、その役立たずを優先するんだ」

「君は自分の足で立ててるし、人を責めるような余裕もある。でも彼女は違う。見て分からないか？」

「分からないな。それは僕より役に立ってない。それが全てじゃないか」

マガミは眉間に皺を寄せた。

言っていることが無茶苦茶だ。それを口にしていながら、ニルはあたかもそれが当然のような顔をしている。悪びれる素振りも何もない。理解のできない思考回路に、マガミは怒りよりも先に疑問が湧いてしまった。

一体何を経験して来ればそんな発想になるのだ。まだ知らない彼女の過去が、今の彼女を形成しているのであれば、彼女の経験した過去とは魔物のようなものに違いない。

そうでなければ、こんな悪魔のような態度は出てこないのだから。

マガミはニルに真っ直ぐ向き合って、強気に言い放った。

「ニル。君は何か大きな勘違いをしてる。人は道具じゃない。役に立つ、立たないだけで優先度を決めるべきじゃない。今回は君が間違ってる」

淡々と言うマガミの言葉を聞いているうちに、ニルの耳たぶが赤くなっていく。顔から感情が消え、徐々に目が見開いていった。

マガミの後ろでネブラが小さく息をのむ声が聞こえる。

彼はノクスを抱きかかえたまま、ネブラを自分の背中に隠すように一歩踏み出した。

「とにかく、今は先に医務室だ。退いてくれ、ニル」

ニルはマガミから視線を外すと、素直に道を開けた。壁にもたれかかるように背中を預け、その場で床に視線を落とす。

表情は前髪で見えなくなったが、握った拳《こぶし》を振るわせている様子で怒りに満ちているのが分かった。いや、何も言い返してこないところを見るに、怒りよりも口惜しさのようなものが大きいのかもしれない。

マガミがネブラを連れてニルの前を通り過ぎる。医務室へ向かう道を思い出しつつ歩き始めたマガミの背中に、ニルの声が聞こえてきた。

「僕は、間違ってない」

吐き捨てるような乱暴な口調だった。それを聞きながら、マガミはカナヤゴの言葉を思い出す。

『ニルは想像できないほど色々なものを背負っている』

一体彼女は何を背負っているのだろうか。背負い込んだ物の重さであんなに歪んでしまっているのだとすれば、なぜ誰も彼女の荷物を肩代わりせず見守っているのか。

マガミは色々な感情を胸に押し込み、医務室へ急いだ。

＊＊＊

一度は撃退した空賊だったが、彼らはその後も波状攻撃を仕掛けてきた。

夜も朝も関係なく攻めてくる空賊たちは、もはや費用対効果を無視した感情的な攻撃になりつつある。全ての攻撃に対して対応を迫られたニルは、日に日に荒《すさ》んでいった。

六度目の攻撃が終わった後、再び敵の小型艇を全て沈黙させたメンシス号は、ひと時の休息を得ていた。

カナヤゴ率いる機関士たちと共にマガミも艦体の整備に取りかかり、航海士たちは周囲の安全確保に目を光らせる。ドタバタの中で、医務室に運び込まれるアニマも見慣れた光景となりつつあった。

今回の戦闘でペアを組んだネブラが、酷く憔悴《しょうすい》した様子でルシオラに担《かつ》がれて医務室へ駆け込んできた。アガタはあらかじめ用意してあるベッドに彼女を誘導する。

「ほんっと、あり得ない。アイツ」

片目を真《ま》っ赤《か》に充血させたネブラは、自由にならない身体の代わりに悪態をつく。アガタはベッド横で点滴の準備をしながら軽く吐息をこぼした。

「荒れてるわね。あの子」

「ねぇ、アガタ。何とかできないの？　この調子じゃあ、私たちの身が持たないわ」

ネブラを抱えてきたルシオラは、ベッドの横に腰かけて髪をかき上げる。

彼女自身も前回の戦闘でニルとペアを組んでいる。ノクスやネブラよりも出力を高めに出せる彼女は、何とか一回の戦闘では潰《つぶ》れることはなかった。

だが、平気でいるわけではない。薬剤を投与して、どうにかいつも通りを維持できているような身体だ。

ネブラの細い腕から血管を確保しようと、アガタは老眼鏡をかける。消毒用アルコールを塗りつつ、彼女は視線だけをルシオラに向けた。

「そうね。最近余計に荒れてるみたいだし。何があったのか確認してみないと」

自然体で会話をしながら、言葉の最中にアガタはネブラの腕に針を刺した。

短く「イッ！」と悲鳴を漏らすネブラ。彼女は身体に流れ込む液体を憎々そうに見上げながら、涙をこらえるように目元を腕で隠した。

「でも、彼女の機嫌に波があるのはいつものことでしょ。原因をいちいち全部確認してもきりがないわ」

ルシオラはそう言うと腕を組んで首をかしげる。確かに、と同調するようにアガタは眉を持ち上げてカルテを手に取った。

互いに思い当たる節を考えている最中に、ネブラが口を開く。

「多分、マガミと喧嘩したからよ」

「マガミくんと？」

「空賊と最初にやったとき、ノクスを庇《かば》って言い合ってた。マガミ、結構本気で怒ってて、ニルを言い負かしたのよ」

「へぇ〜。あのマガミくんがね」

アガタは顎に手を添えて、マガミを思い出している。彼女にとってその情報は意外なものだったのだろう。少し頬を緩ませてアガタは何度か頷いていた。

「多分、痴情のもつれってやつね」

アガタがそう呟くも、ネブラとルシオラは意味が分からなかったらしい。疑問符を頭に浮かべる。アガタはあえて何も説明せずにカルテを机の中にしまった。

「とりあえずネブラは安静にすること。次の出撃はルシオラ？　それともノクス？」

ルシオラは首を振る。

「ノクスよ。今、安定飛行の操縦をしてるから」

「なら、ルシオラもしっかり休息を取りなさい。二十四時間以内に再出撃するかもしれないから。薬は足りてる？」

アガタが椅子から立ち上がり薬品棚に手をかけたとき、医務室の扉が荒々しく開かれた。激しい音にルシオラは首をすくめる。流石にその程度では動揺しないアガタは、澄ました表情で扉のほうを見た。

そこには鬼の形相で頭を抱えるニルが立っていた。

沸騰しそうに真っ赤な瞳が部屋を見渡す。額には青筋が浮かび、一筋の油汗が頬を伝っていた。明らかにアマデウス機構への長時間接続からくる副作用が出ている。

相当に頭が痛むのだろうが、ニルは部屋にルシオラたちの姿を見ると大きく舌打ちだけを残した。

「後でまた来る」

アガタにそう言い残し、ニルは強引に扉を閉めてしまった。通路を壁にぶつかりながら立ち去っていく彼女の気配を感じつつ、アガタは薬品棚を開いた。

「思ったよりも重傷ね。あれは」

通常アニマに使用する薬品とは別に取り置かれているニル専用の薬を出しながら、彼女はどうしたものかと思案していた。

医務室からルシオラが去ってしばらくして、部屋にクルスとサエが訪ねてきた。アガタは二人を連れて食堂近くの喫煙室に向かった。

基本的に喫煙という趣味がマイナーな時代、この部屋を使うのはアガタとクルスくらいしかいない。そのおかげで、この部屋はある意味二人の秘密の会議をするのにうってつけの場所になっている。

四畳程度の小さい部屋には中央に置かれた灰皿があり、天井でじりじりと音を立てるフィラメント電球が黄ばんだポスターを照らしていた。

手すりと座席を兼用したバーの上に腰を掛け、アガタはポケットから紙煙草を取り出す。煙草を咥《くわ》えてから年季の入ったオイルライターで火をつけた。

「久々に煙草に誘うってことは、話があるんだろう?」

まだひと吸い目の煙を吐き出す前にクルスが口を開く。アガタは落ち着け、とばかりにクルスを見ると煙を吐き出した。

「喫煙室に来たんだから、貴方も吸ったら? 色々溜まってるんでしょ」

「否定はしない」

クルスはそう言い、煙草の箱を取り出す。一瞬サエのほうに視線を向けると、彼女は黙って彼から視線を外した。その対応で許しが出たと判断し、クルスは煙草を口にする。自分の胸元《むなもと》でマッチの火を煙草に添える姿は、妙に様になっていた。

二人して燻《くゆ》らす煙草の煙が狭い部屋に昇ってから、アガタは話を切り出した。

「ニルの事よ」

「だろうな」

「彼女が最近荒れてる理由、知ってる?」

「小物相手に連戦が続いているからな。飽きているんじゃないか」

クルスの答えにアガタは意地悪そうに口角を吊り上げた。控えめな紅で染まった唇から「これだから貴方は」と独り言を口にする。

その言葉にクルスの表情が僅かに動いた。

「マガミか？」

「正解」

煙草を挟んだ指先でクルスを差し、その動きのまま灰皿で灰を落とす。何故か満足げな笑みを浮かべるアガタは肺いっぱいに煙を吸い込んだ。

「何があった？」

「ネブラから聞いた話だけど、彼がノクスをかばって彼女と言い合いをしたみたい。内容はともかく、彼女はマガミと喧嘩をしてむくれてるのよ」

「まるで子供だな」

「そう。子供よ。特にニルのほうは。貴方も知ってるでしょ、彼女の生い立ちが特別だってことは」

アガタはそう言うとクルスの瞳を見つめる。彼の色のない瞳は、アガタと同様に長い時間をかけてニルを見守り続けてきたものだ。見える景色はきっと近いものがある。

アガタはそう信じて言葉を続ける。

「彼女は人間関係というものに対して免疫が無いの。圧倒的に経験が足りない。だから、誰かが寄り添ってあげないと。誰でも小さい頃に経験するような厄介事《やっかいごと》を、成長してから起こすと大変なのよ。まるで水疱と同じようにね」

　クルスはじりじりと音を立てて短くなっていく煙草を摑み、灰皿に押し込む。そして短く「分かった」とだけ言葉を残して喫煙室を立ち去って行った。

　クルスの後について行くサエが、立ち去り際にアガタへ敬礼を飛ばす。アガタはサエの敬礼に片手を軽く上げて答えた。

　自然と閉じていく扉がガシャンと音を立てる。そこで初めてアガタは肩の力を抜くと同時に、大きなため息をついた。

「はぁ、私たちも随分と年を取ったものね。嫌になるわ」

　自分の手を天井の電球に透かして、アガタは自嘲するように頬をゆがめた。

三章　～発覚～

マガミはメンシス号に乗って初めての呼び出しを受けて、急ぎ足で艦橋へ向かっていた。

すっかり他の機関士たちとも打ち解けた彼は、オイル汚れの付いたままの顔で艦橋に入る。

「マガミです。入ります」

艦橋への扉を前に一声かけ、中に入ると真っ先にニルの姿が目に入ってきた。ノクスをかばった一件から彼女と直接顔を合わせるのはこれが初めてだった。

通路で見かけることもあったが、ニルのほうが逃げるように立ち去ってしまっていたのだ。あれから気まずい空気を抱えたまま、何も話す機会を得られず今日まで時間が過ぎている。

ニルは艦橋の中央で不貞腐《ふてくさ》れていた。艦長席の前で斜に構えている。そんな彼女はマガミを見て一瞬だけ目を開いたが、すぐに感情をかき消すように元の表情に戻ってしまった。

マガミは、なんとも言い表しがたい気分が胸に湧《わ》く。そんな彼をクルスが手招きした。

「忙しいところすまないな、マガミ。こっちへ来い」

そう言ってクルスはニルの隣を指さした。マガミは駆け足でニルの隣に立つ。

隣り合った瞬間、ニルはこれ見よがしにマガミにも聞こえるように舌打ちをしてきた。彼は何か言い返したくなる気持ちをぐっとこらえ、瞼《まぶた》を固く閉じる。そして背筋を伸ばした。

二人の険悪具合を確認するようにクルスは二人を交互に眺め、呆《あき》れたように首を振る。

「俺《おれ》は気の利《き》いたことは言えない質《たち》でな。単刀直入に言う」

クルスはそう切り出し、明言通りはっきりと言い切る。

「和解しろ」

「何を？」

脊髄反射で言っているのかと思うほどの速度でニルの声がクルスに飛んだ。

それは酷《ひど》く冷たい言い方だった。

マガミは肩幅に開いた足先がむず痒くなる。自分たち二人の問題に、大人を介入させてしまったという恥ずかしさのようなものが足元から這い上がってくるような気がした。

「それはお前が一番よく知ってるはずだ」

クルスがこれ以上詳しく話させるな、という予防線の一言を口にする。

だが、そんな大人の気遣いなどニルには伝わらない。彼女は眉間に深い谷を刻み、彼を睨《にら》みつけた。

「僕がマガミと何を和解するのさ。僕は何も間違ったことはしてないのに」

「ここにネブラを呼んでも良いんだぞ」

クルスは脅《おど》し文句のように言う。そして伝声管のひとつに手をかけた。細長い管の先には

ネブラが耳を澄ませて待っているに違いない。

クルスとしても何か考えがあるのだろう。彼女との付き合いはマガミより長いはずで、いつもこうして説教をするのは彼の役目なのかもしれない。きっとこの脅しも普段の調子ならば利いたのだろう。

しかし、今回はクルスの思い通りにはいかなかった。

ニルは顔をしかめて「勝手にすれば」と強気に答えたのだ。自分のプライドよりも、マガミとの和解が度《ど》し難《がた》いらしい。

今度はクルスの表情が僅《わず》かに曇った。流石にこれ以上、彼女のプライドに傷をつけると後々がややこしくなる。メンシス号の内情にそれほど詳しくないマガミでも、何となくそのくらいの想像はついた。

脅しの一言が通用しないとみて、クルスは短く嘆息した。彼は少し考えた後にマガミを見る。

「ならお互いの言い分を聞こう。思ってることをちゃんと言ってみろ」

マガミは横で口を噤《つぐ》んだニルの代わりに、先んじて話し始める。

「人を使い捨ての道具のように扱う彼女の態度が、どうしても許せなかったんです。自分より劣っているから、うまくできないからという理由で人を道具扱いしていいものではない。そう彼女には伝えました」

「そうだな。マガミ、お前の言うことは半分正しいし、半分間違ってる」

クルスはマガミを正面から見据えて、息を吐く。

彼の光の見えない深淵の瞳《ひとみ》がマガミをまっすぐ射貫いた。

「現実として、この世界には道具のように使い捨てられる人間がいる。この前、我々が灰化層《はいかそう》に叩き落した空賊の連中もそうだ。勝てるはずもない相手に挑み、死んでいく。それが彼らの役目であり、命の使い道だ」

この世の不条理に触れる言葉に、マガミは反感の目を向けた。

確かに世界にはそんな一面もある。

だが、それがこの世界の全《すべ》てではない。多くは、もっと暖かなもので成り立っているはずだ。

反論をしようとしたマガミを制止するようにクルスは続けた。

「この艦にも同じような運命にある人間がいる。お前は、アニマのことを知っているか？」

どうしてここでアニマの話が出るのだろう。

マガミは開いた口を閉じて首を横に振った。

「そうだろうな。お前が知らないことに疑問はない。決してお前が無知なわけではなく、世界がそういう風潮を作っているんだ。誰《だれ》もアニマの話はしたがらない。何故《なぜ》なら、彼らは典型的な使い捨ての駒だからだ」

自ら口にしておきながら、その言葉の後味の悪さにクルスは顎《あご》を引く。

「彼らは失われた技術のひとつであるナノマシンを体内に注入することで、アマデウス機構と強制的に接続できるようにした特殊な人間だ。だが、強引《ごういん》にアマデウス機構と接続するせいで、彼らの寿命はひどく短い。それが一体、何年か知っているか？」

マガミは初めて知らされる事実に、理解が追い付いていない。その頭で質問に答えられるはずがなかった。

彼の返答を待たず、クルスは指を三本立てて突き出す。

「たったの三年だ。しかも、アニマの適応年齢は十歳から十七歳まで。これがどういうことか、分かるか」

「そんな……」

残酷な現実に、マガミは弱々しく言葉を漏《も》らした。

アニマしかアマデウス機構を動かすことができないのであれば、世界中を飛び交う飛行都市は全て彼らが操縦していることになる。

そして飛行都市の数と同じだけ、たった三年しか生きられない少年少女たちが生まれているはずだ。

人々が平穏に暮らしていくための存在であるアニマは、まさしくこの世界における人類の生贄《いけにえ》ということになる。おそらくこんな仕組みは世界の誰も望んではいない。

マガミは、握る拳《こぶし》に力を込めて震わせた。

「マガミ。お前が見てきた世界は、その多くが恵まれた陸の上での暮らしだっただろう。それは世界中の人々が願い、求めても手に入らないものだ。そんなお前が、過酷な現実を目の前にして、必死に生きる仲間を非難できるのか？」

独特な圧力を放つクルスを前にして、マガミはすぐに言い返すことができなかった。マガミは歯がゆい思いで視線を床に落とす。

きっと、この人は多くの闇《やみ》を見つめてきたのだろう。彼の言葉には、そう思わせる何かがこもっている気がする。

しかし、だからと言って、考えをそう簡単に譲れない。

一度は落とした視線を持ち上げ、マガミは胸を張り直した。

「俺が恵まれた世界に生きてきたことは分かりました。でも、たとえ俺が綺麗事《きれいごと》だけを言っていたとしても、人は道具のように扱われるべきではない。間違っていることを間違っていると、誰かが言わないと。世界は変わらない」

「なら、その正義をどう証明する？」

クルスはマガミを試すように訊いた。

マガミは頭の中で理屈をこねるが、まとまらなかった。結局口から出るのは勢いの言葉だけだ。それでも彼の信念は変わらない。

マガミは腹を据えて言った。

「分かりません。でも、やれることは全てやってみて、考えます」

マガミの素直な答えは、まともに考えればとても納得できるようなものではなかっただろう。だが、クルスは少しだけ驚いたような表情を見せて眼を細めた。

そんな彼とは対照的に、隣のニルが「はあ？」とマガミを睨む気配がある。

「君の言ってることは無茶苦茶だ。そんな甘っちょろい考えで誰が助けられるの？」

「分からない。だからやってみるしかないだろ。ただ、流れに任せて人を見下して、間違ったやり方を続けるよりずっとマシだ」

どうしてそんなに感情的になるのだろうか。ニルは目を開き、マガミに詰め寄る。白い人差し指をマガミの鼻先に突きつけて叫んだ。

「だから、僕は間違ってない。間違ってるのは君だ！」

その態度に、マガミも堪《こら》えが利かなくなる。鼻先の指を軽くはたき落とすと、逆にニルの前に一歩、進み出た。

「間違っている間違っていないの話以前に、どうしてニルは他人にもっと優しくなれないんだよ」

「優しくしてどうするの？　ちやほやされたいなら、別の場所に行けばいい。ここはそんな場所じゃない！」

「いいや。ニルは何も分かってない。この船でどれだけ君が他のみんなに助けられているのか。君一人で船を動かしてるつもりか？」

「そうだっ！　僕じゃなきゃこの船は満足に動かせない。僕以外じゃ、駄目だ。だから僕はっ！」

大きく開くニルの口から獣のような鋭い犬歯がちらつく。薄い唇が必死に動き、真っ赤《まか》な瞳がマガミを従わせようと威圧的な敵意を向けてくる。

何が彼女をここまで至らしめているのか。血の上ったマガミの頭へ、冷静な思考が手を伸ばしたとき、手首に何かの感触がした。

マガミとニルは、口を止めて手元を見る。

そこには鈍色《にびいろ》の手錠がかかっていた。本来は両手を入れるべき二つの輪は、それぞれマガミとニルの片腕ずつを繋《つな》ぎ合わせている。

「え？」

間抜けな声を上げたマガミは、いつの間にか気配もなく隣に立っていたサエを見た。彼女は能面のように感情のない顔をしたまま、直立不動でどこか遠くを眺めていた。

そのままの姿勢で、サエは淡々と告げる。

「まずは物理的な距離から潰《つぶ》す。攻城戦の鉄則です」

「……攻城戦？」

呆気《あっけ》に取られているニルが、首をかしげる。色々と状況が理解できない。

とりあえず、これで一段落とばかりにクルスが「ご苦労、副艦長」と言った。サエは敬礼をして、持ち場に戻る。

手錠とサエを交互に見ながら、マガミはふと思う。

これを開ける鍵《かぎ》ってあるんだよね。

彼の願いはきっと誰かに通じている。最後に視線が交わったクルスは、マガミに向かって敬礼をしたかと思うと意味深に大きく頷《うなず》いてみせたのだった。


「おぉう。お前ら、噂は本当だったのかよ」

艦内でおそらく一、二を争う広さがある食堂で、手錠につながれた二人の前にカナヤゴが腰を下ろした。

巨体のせいでひとりでふた席を占領するカナヤゴは、目の前で仲良く二人並んで座るマガミとニルを見て笑う。

猛烈に不貞腐れているニルはカナヤゴに視線を向けるが、すぐに手元の食事に戻ってしまった。何故か、ニルの態度を謝るようにマガミは頭を下げる。

「いや。俺らも何が何だか。サエ副艦長曰く、攻城戦には距離を詰めるのが一番だとかなんとか」

「なんだそりゃ。相変わらず、何を考えてるのか分からねぇな。副艦長は」

自分の食事を始めたカナヤゴは呆れて首を振っていた。

「サエ副艦長ってどんな人なんですか？　なんだか結局よく分からないまま艦橋を追い出されてしまって」

「あの人はなぁ。俺もよく分からん。クルス艦長と付き合いが長いみたいだが、あの感じだろ。何考えてんのかもよく分からんしなぁ」

「そうなんですか。困ったなぁ」

マガミは愚痴っぽく言葉を濁しながら、ニルとつながれた腕を見下ろす。

鉄の輪で繋がれたすぐ傍に、ニルの病的に白い手首が見える。軍服の下で見えはしないものの、服の上からでも彼女の線の細さはよく分かる。それでも、明らかに普通の少女よりかは筋肉質な感触はあった。

隣で黙々と食事を続けるニルは、おそらく利き腕《うで》ではない左の手で器用に食事を進めていた。カナヤゴとの会話は確実に聞こえているはずだが、一切口を挟んでこないのが怖い。艦橋を出てからというもの、ニルはマガミがいないかのように無視を続けているのである。

「でも、お前さんらが仲直りすれば手錠も外れるんだろ？　早いこと機嫌直して仲良くやれよ」

ここは流石のカナヤゴである。普通ならむくれるニルに気圧されて、仲直りの話など切り出せない。

だが、カナヤゴは絶妙に空気を読まない気質があった。一気に触れにくい話題に踏み込み、カナヤゴは二人の顔色を窺《うかが》う。

だが、悲しいことにニルは非情だ。

「無理」

はっきりと、最短の文句を言い放ち、再び無視のフェーズに入ってしまった。御覧の通りです、とマガミが仕草すると、カナヤゴも半分ふざけて口を一文字に結ぶ。

「じゃあ、二人仲良く暮らすのか。大変だぞ。風呂《ふろ》もトイレも、布団《ふとん》も一緒か。それじゃあ、夫婦以上じゃねぇか」

何気なくカナヤゴが口にした言葉で、ニルの握るスプーンが動きを止めた。

確かに、彼の言う通りだ。マガミも改めて自分の置かれている状況を再認識していく。ニルと一緒に風呂に入る。トイレも一緒。最後には布団の中。想像の途中で頭がフリーズしてしまう。

「最悪」

隣でニルがそう呟《つぶや》き、彼女の視線が食堂の壁に向けられた。

そこには緊急時に使用する赤い箱に収められた手斧《ておの》がぶら下がっている。その斧を見てから、手錠で繋がれたマガミの腕を見る。

そして、初めて彼女はマガミの顔へ視線を向けた。

「痛いの平気でしょ?」

「いやいや、何を考えてんだ。どうして俺の腕を切るんだよ。手錠を切ればいいだろ」

「……」

初めて口をきいたかと思えば、とんでもない提案をしてくる。ニルはマガミの言い分を沈黙で流し、食事を再開した。

これからしばらくこんな生活が続くのか。マガミは重たい気分になり肩を落とした。

目の前のカナヤゴはご愁傷さまとばかりに手を合わせている。他人事だからそんな呑気《のんき》にいられるのだ。

改めて、どうしたものかとマガミが対策を考えていると、食堂へネブラとノクスが入ってきた。

二人は食堂に入ってくるなり、マガミたちの姿を見てぎょっとする。声にすることなく、ネブラの口が「うそでしょ」と動くのが見えた。

嘘《うそ》ならどれだけありがたいか。マガミが状況を示すように手錠につながれた左手を上げると、ニルが上がった腕を強引に引き下げる。アニマの彼女たちには見られたくないのかもしれない。

ほんのわずかでも手錠が見えたことで、ネブラは目を細めてほくそ笑んでいた。間違いなく何か悪いことを考えている顔だ。

とはいえ、気持ちも分からないでもない。凶暴な猛獣に鎖が付いたとあっては、それを見に行かないという選択肢はない。人の性《さが》である。

　控えめな食事をプレートに盛り付けたネブラが机に近づいて来た。そしてニルを見て、得意げに微笑む。

「あら。素敵なペアリングね。付けるところと、使い方を間違えているけど、あんたにはお似合いよ」

　初球からぶっ込んでくる。そうしていつも返り討ちに遭うのがネブラだが、今回は彼女も強気だ。面倒くさそうに無視をしたニルに対して、いつもの仕返しとばかりにペースを上げる。

「マガミも大変ね。そんなじゃじゃ馬と繋がれたら、ストレスで死んじゃうかもよ」

「残念だけど、完全に否定できないのが辛《つら》いところだ」

「でしょ～ね。可哀想《かわいそう》に」

　水を得た魚のようにはしゃぐネブラの後ろで、ノクスが退屈そうな表情で欠伸《あくび》をする。対してニルは握ったスプーンの柄が曲がらないか心配になるほど握りしめていた。

　その怒りは誰に向けられているのか。少なくとも半分くらいは自分に向けられている気がして、マガミは背中に冷たい汗を感じる。

「でも良かったじゃない。これに懲《こ》りて少しは素行《そこう》が正されるかもしれないわ。マガミには悪いけど、ニルがもう少しまともになるんだったら願ったり叶《かな》ったりだわ」

　その場で高笑いを始めたネブラの声が食堂に響き渡っていた。食堂にはさっきから続々と人が入ってきている。

この状況はあまり好ましくはない。大勢がいる前でニルを貶《おとし》めるような行動は、彼女の自尊心を著しく汚す。ただでさえ、マガミとの不和でストレスがかかった心に、さらなる負荷をかけてしまっている。

マガミはネブラにもう十分だ、と視線で合図を送った。

しかし、ネブラもネブラで日頃のうっぷんが溜《た》まっている。まだ何かを言おうとして口を開きかけたとき、ニルが立ち上がった。

立ち上がるというより跳ね上がるに近い勢いで、彼女はネブラに詰め寄る。

だが、手錠につながれた右腕が枷《かせ》になり、途中で動きが止まった。マガミも慌ててニルを抑えるように彼女を羽交《はが》い絞めにする。

「くそっ！　ぶん殴ってやる。こっちがどんな気か知りもせず、ふざけやがって！」

ニルは完全にぶちぎれていた。真っ白な髪を逆立てて、真っ赤な瞳を見開いている。今にも嚙《か》みつきそうな勢いの彼女をマガミは必死で抑え込んだ。

細いニルの手足から、どうすればこんな力が出るのか。今にもマガミの拘束を振り切らんとばかりに、彼女は暴《あば》れる。

その気迫にネブラは思わずその場に尻《しり》もちをついていた。言いすぎたネブラも悪いので、誰も擁護はしない。当然と言えば当然で、みんなネブラが調子に乗っていたことは分かっているのだった。

「離せ、マガミ！　コイツを用済みにしてやる！」

「ニル！　駄目だ！　本当に殺すつもりだろ！」

「ぶち殺す！」

「駄目だって！　落ち着け！」

普段通りのネブラとの言い合い程度であればニルもここまで怒らないだろう。

だが、今の彼女は普段よりも遥かに大きなストレスに囲まれていた。執拗に続く空賊との戦闘、アニマたちへの不満、そしてマガミとの不和。

幾つもの要因が重なり、感情の蓋《ふた》が吹っ飛んでしまったに違いない。

「おいおい、まったく！」

騒ぎを見かねたカナヤゴがニルを落ち着かせるように助けに入った。

食堂のみんなから見えないように、カナヤゴが巨体で陰を作ってニルの肩を摑《つか》む。

「お嬢。やるにしても手錠で繋がれた今じゃ、思うようにできないだろ。そいつが外れてから、煮るなり焼くなり好きにすればいいさ。そのときは、マガミも邪魔はしないよな」

肩で息をするニルの後ろで、マガミは黙って頷く。ただし、殺さない程度であれば、という条件付きだが。

怒りのピークが過ぎ、多少冷静さを取り戻したニルは俯《うつむ》き加減に何か言葉を吐き捨てた。

そしてマガミを引っ張るようにして強引に食堂の出口に歩いて行く。

暴れたせいでニルの髪形は乱れて顔にかかっている。そのせいで表情が良く見えない。それでも、間近にいるマガミには、彼女の目もとが赤くなっている様子が見えた。

泣いているのか。

マガミは急に胸を締め付けられるような自責の念を覚える。しかし、今の彼女にかけられる言葉が思いつかなかった。

一体、どうしてこんなことになってしまうのか。マガミは困惑と同時に、ニルに対して何もできない歯がゆさを初めて感じた。

無言のまま、ニルはあてもなく進んでいく。食堂を出て階段を上がり、通路へ。格納庫を過ぎて階段を下りたところで、偶然にもアガタと出会った。

彼女は喫煙室から戻って来たらしく、身に着けた白衣に煙の臭いを漂わせている。

アガタは手錠で繋がれた二人の姿を見て、珍しく目を丸くさせていた。二人の姿もそうだが、アガタが目を丸くした本当の理由は、ニルの顔を見たからかもしれない。マガミからは見えない正面からは、ニルの別の姿が見えている気がした。

アガタは母親のような優しい笑みを浮かべて、ニルの手を取った。

「検査、最近してなかったから丁度いいわ。付いて来て」

「平気。体調は悪くない」

「平気だと思ってるうちからするのが検査なの。大人しくついてきなさい」

大人の口調でアガタはそう言い、二人を医務室に連れていく。ニルも不思議とアガタの言い分に反論しなかった。

この二人は何か信頼関係のようなものがあるようだ。子供のように手を引かれて、ニルとマガミは医務室に歩いて行った。

医務室に入ると、アガタはニルをベッドに座らせた。

当然、マガミもベッド横にいくことになる。丸椅子《いす》を引っ張り出してベッドの隣で腰を落ち着けた。

ニルは顔を見られたくないのか、彼が隣に来ると顔を背《そむ》けてしまった。マガミも居心地悪そうに地面に視線を向ける。

アガタはマガミが居ないかのように、ニルの検査を始めた。

「薬はちゃんと飲んでる？」

血圧計をニルの腕に付けたアガタはニルにそっと尋ねた。彼女は黙って頷き返す。その返事を見て、アガタは静かに送気球を握り始めた。

静かな医務室で、遂にニルの鼻を啜《すす》る声が聞こえ始めた。

鳥のさえずるような弱々しい声が、鉄の箱ともいえる船内に吸い込まれて消えていく。その様子はマガミがメンシス号に乗って、初めて見る彼女の弱気な姿だった。

「血圧、ちょっと高く出てるわね。少し横になる？」

アガタの問いかけにニルは首を横に振った。乱れた髪が余計に乱れて揺れる。

「そう。なら、ちょっと温かいものでも飲んだほうが良いわね」

椅子から腰を上げ、アガタは部屋に取り付けてあるポットの電源を入れる。じりじりと沸いていく水の音。その横で急須へ茶葉を入れ、お茶の準備を進めていく。

マガミはアガタの背中を眺めつつ、この沈黙の時間はあえて彼女がマガミに与えているような気がした。

小さく息を溢《こぼ》し、マガミは天井《てんじょう》を見上げた。

まばらに塗装の剝《は》げた天井には、所々に錆の赤色が見えている。あえてマガミが天井を見上げるのは、これからする話は床を見ながら話してはいけない気がしたからだ。

だからといって、今のニルを直視する度胸は無い。与えられた沈黙に、マガミはゆっくりと語りだした。

「俺、やっぱり間違ってないと思う。たとえ使い捨てられる人がいても、それは間違いだと思う」

前後関係を把握していないアガタには何を話しているのか分からないだろう。それでもアガタは黙って急須にお湯を注《そそ》いでいた。

語りかけた先であるニルは、黙ったままベッドのシーツを握りしめていた。その気配に気付きながら、マガミは続ける。

「だから、もしニルが使い捨てられるような立場だったら、俺の態度は間違ってたよ。ノクスやネブラやルシオラがそうであるように、ニルも同じ立場なら、きっと俺は君を守る。どうすればいいのかなんて正直分からないけど、目ざわりかもしれないけど、役に立たないかもしれないけど、俺ができることは全部やりたい。それじゃあ、駄目か？」

マガミは今までのニルの態度や、クルスの話を思い返していた。

アニマは命を削りながらアマデウス機構を動かしている。

では、アニマ以上の性能を引き出せるニルは、どんな代償を背負っているのか。マガミは全く考えてもいなかった。知ろうともしなかった。その浅はかさで、ニルを一方的に責めていたのだ。

確かに彼女の言動は行きすぎてる。困ったものだが、その代償を知っているからこそ搭乗員たちは、彼女をお嬢と呼んで慕っているのではないだろうか。困った奴《やつ》だと顔をしかめながらも、見守っているのではないか。

ならば、今のマガミにできることはなんだろう。

アニマを庇《かば》うだけではない。ニルのことも守れるように、考えていくことしかない。自分の無知と無力さを噛みしめながら、マガミは天井を見つめ続けた。

「はい、熱いから気を付けて」

微妙な沈黙が流れていたところに、アガタが二つのお茶を差し出した。陶器のマグカップに注がれたお茶が白い湯気を立てている。青色と赤色、色違いのマグカップだ。

ニルとマガミは黙ってそれを受け取る。掌《てのひら》に伝わる温《ぬく》もりが、じんわりと身体に染みていくような気がした。

結局、そのときの言葉の返答を、ニルから聞くことはできなかった。黙ったまま、お茶を啜り、定期検査を受け終えた頃には、彼女はいつもの不愛想な態度に立ち直っていた。

＊＊＊

夜半。メンシス号は夜勤のメンバーのみの夜間航行状態に入り、風を切る音だけが響く静寂の時間帯を迎えていた。

そんな中、手錠で繋がれたマガミたちは自室に帰るわけにもいかず、かといってどちらかの部屋に入るのも躊躇《ためら》われたので折衷案を検討した。

その結果、格納庫の一角に簡易ベッドを置くことで夜の休息とすることになったのだった。

マガミは鉄パイプの折りたたみ型簡易ベッドを広げ終え、その上に腰かける。隣に並ぶようにして置かれたベッドには、顔を背けたニルが腰を落ち着けていた。

薄暗い格納庫を照らすランタンの明かりに、ニルの白髪が妙に煌《きら》びやかに見える。マガミは、頬《ほお》を掻《か》きながらニルに話しかけた。

「なぁ、俺も悪かったと思う部分はちゃんと反省するからさ。せめて少しくらい会話してくれよ。でないと、いつまで経《た》ってもこのままだ」

マガミの問いかけに一向に視線を合わそうとしないニルだったが、多少彼の言葉に反応を示してくれるようにはなっていた。

憎々しげに自分の手首を繋ぐ手錠を睨み付けると、ニルはやっとマガミの顔を見た。

「何を話すの？」

ニルの発する声は、確実に低い。アニマやサエと言い争うときの、敵対的な態度だ。ついこの間まで、あんなにご機嫌な声を上げていたのに。どうやら現状のマガミは、敵対者として格下げされているらしい。

これはこれで、辛いものがある。マガミは心持ち背中を丸めた。

「俺は、君のことをよく知らない。なのにあんな風に君を糾弾するようなことを言ってしまったんだ。それは反省してる。だから、もっと君とちゃんと話をして、君のことを知ったほうがいいような気がするんだ」

決して変な意味ではない。マガミは心の中で付け加えつつ、ニルの出方を窺った。

彼女はランタンの明かりで浮き上がる白い肌の上で、僅かに表情を曇らせる。真っ赤な瞳が、長いまつげの瞼に重なり、不満げな半目がマガミに向けられた。

なんだ。

マガミは思わず首をかしげた。ニルの見せたその表情は何か意味深なものであり、意図の読めないメッセージが隠れている気がした。

だが、結局今のマガミにはニルの心の底まで見通すことができずに、彼女の口が開く。

「まだ君は、何も思い出さないんだな」

それは、メンシス号の飛行音にかき消されそうなほど弱々しい声だった。マガミは、彼女の発した声を正確に聞き取れた自信が無く眉《まゆ》をひそめる。

「今なんて？」

「いいや。何でもない」

ニルは急に顔から表情を消す。長い髪をかき上げて耳にかけると、彼女は目の前に伸びた長い足を組んだ。

「それで、何から話せばいい？」

「えっと」

マガミは思ったよりも早く、ニルが自分を受け入れてくれたことに戸惑いつつ頭に浮かぶ疑問を投げかける。

「君は、どうしてこの船に乗っているんだ？　設計だけじゃない。アニマが三人乗っていたり、君がいたり、この船は色々普通じゃないだろ？」

マガミは今まで何度か機関士たちにも聞いた質問をニルにしてみる。機関士たちははぐらかしていたところがあったが、彼女なら話してくれるような気がした。

ニルは思案顔を浮かべる。

「そうだね。まずはその話からしないと、か」

そう口にした彼女は、マガミに逆に質問口調で問いかけた。

「君は、クジラと呼ばれてるものを知ってる?」

「クジラ?」

「そう。クジラだ。奴らは灰化層の中を自在に泳ぎ回っていて、時々陸や飛行都市を襲うことがある。大きな巨体は、かつてこの世界にいた『鯨』という生き物に似ているからそう呼ばれているらしいんだ」

マガミはニルの話で、大昔に大人たちから聞かされたおとぎ話を思い出した。

灰化層の中には、得体の知れない生き物たちが泳いでいる。それらは時に空の上に現れては、行きすぎた人類の発展を阻止するように、陸や飛行都市を襲うのだ、という話だ。

だが、それは子供だましのおとぎ話だと思っていた。現に大人になるにつれて忘れてしまっていた。

まさか、そんな話を本気にしているのだろうか。マガミはやや疑うようにニルの話に耳を傾ける。

「本当に、クジラなんているのか？」

「いるよ」

彼女を疑うマガミの視線の先で、ニルが背を反らす。細く整った彼女の顎が持ち上がり、ランタンの鈍い明かりの下に彼女の細い喉元《のどもと》が浮き上がる。

ニルの真っ赤な猟奇的な眼が、マガミをじっと捉《とら》えて放さない。

「だって、メンシス号の目的は、そのクジラを討伐することなんだから」

「討伐って。そりゃまた大層な」

マガミはなんと言っていいのか言葉に悩んだ。クジラの存在に懐疑的だから、というだけではない。討伐という言葉に違和感を覚えたからだ。

今の世界は、誰しもが生きることに必死なはずだ。人類の敵は常に灰化層や飢饉といった自然の事象ばかりで、時々空賊のような人間と戦う程度だった。それ以上に、より好戦的に戦うことなど人類はすっかり忘れてしまっているとばかり思っていた。

だが、目の前のニルは、堂々と言ってのける。

「クジラは人類が持てる技術よりも遙かに高いものを持っている。普通の飛行艇では歯が立たないし、ただのアニマでは戦うこともできない。だから、僕みたいな特別な人間が必要だったんだ」

「そうだったのか」

マガミは足下に溢すように呟いた。

「言ってしまえば、君は対クジラ戦闘のエースパイロットって訳だ」

「そういうこと。僕の凄《すご》さが分かってきた？」

「まぁ、なんとなく」

マガミは言葉を濁らせて頷いた。

メンシス号の異常な装甲や、ツインアマデウス機構などという過剰な出力が持つ意味が見えてきて、マガミは得心《とくしん》がいく。それと同時に、ニルが持つ重荷というものも見えて来た気がした。

「じゃあ、君は一人でこの船の仲間たちを守っているってことになるんだな。それも毎日」

「それが僕の任務だからね」

ニルはいつか見せた得意げな表情で髪を靡《なび》かせる。やっと調子が出てきたという表情を見て、マガミは逆に気分が重たくなるのを感じた。

「それってかなりの重圧だよな。責任が大きいというか、逃げ場がないというか。君一人で背負い込むには辛くないのか？」

「辛い？　そんな理由で逃げ出すわけにはいかないんだよ。だってこれは僕じゃないとできない特別なことなんだ。他のアニマにはできないから、僕がここに居られる。逃げたって僕には何処《どこ》にも居場所はないんだからね」

「それは……」

違う。という言葉が喉元まで出かかり、マガミは口を閉ざした。

ここで綺麗事《きれいごと》を言うことがどれだけ残酷かを考えた途端、意思とは関係なく口が固まってしまった。ニルの背負っている重責が、想像できるだけに酷く重たく感じる。

彼女が他のアニマへ厳しい態度を取ったり、やたらと喧嘩腰《けんかごし》になる理由。それはあまりに重い使命を帯びているからこその裏返しだったのかもしれない。

もし自分が同じ状況にあったら。きっと平然とはしていられない。マガミは素直にそう思った。

ニルはいつもの仏頂面《ぶっちょうづら》に少しだけ弱気な色を滲《にじ》ませると、天井を見上げる。

「でも、メンシス号のエースと言っても、クジラは君が思うほど簡単な相手じゃないんだ。第六都市で君に助けられたときだって、実はクジラとの戦闘でやられたんだよ」

「あれって、そうだったのか。まぁ、確かに結構ヤバそうだったよな」

マガミは、沈みかけたメンシス号を見つめたあの光景を思い出す。同様に当時を思い出しているのか、ニルも腕を組んで唸《うな》った。

「正直、かなりヤバかったね」

ニルはマガミの口調を真似て言うと、下手くそな笑みを口元に浮かべる。彼女がこんな風に冗談を言うとは思わず、マガミは少し意外な気持ちで彼女を見返した。

「あのときだって、僕は上手《うま》くやれてたんだ。でも途中で同乗したアニマが潰れて――」

そこまで口にしてニルは口を閉じた。何か悪態を吐《つ》きそうな勢いだったが、思い当たる節があったのだろう。

彼女は急にマガミを窺い見る。マガミはその視線の意味を感じ、意地悪な笑みを口元に浮かべた。

「つまり、あれは自分のせいではないって言いたいわけだ」

マガミからそう言われ、ニルは少しふてくされたように視線を外した。どうにも、大人ぶって見せたかと思うと急に子供じみた態度になる。ニルは不思議な少女だった。

だが、これまた彼女の不思議なところだが、何故かその姿に嫌悪感は湧かない。きっと彼女の抱えているものを知ったからだろう。

マガミは手錠の先に繋がれた手を見る。

「まぁ、君がどんな状況にあるのかは分かったよ。みんなのために最善を尽くしているって事も伝わってきた。周りと上手く歯車が噛み合っていないのは、君が必死だからだろ？」

「別に。僕はもっとやれるんだ」

ニルは暗闇《くらやみ》に感情を誤魔化《ごまか》すように頬を膨らませて俯《うつむ》く。銀の前髪が重力にしなだれ、その合間から彼女の上目遣《うわめづか》いがマガミを見つめてきた。

その顔つきは、ちょっとだけ反則的だ。マガミはこそばゆい気持ちを胸に、彼女と繋がれた

手を持ち上げた。当然、その先に繋がったニルの手も持ち上がる。

「オーケー。じゃあ、君がもっとやれるように、俺もできることをするよ。俺に何ができるかは正直分からないけど。ほら、例えば装備の点検とか調整とか、困ったときには頼ってくれ」

互いに上げた腕の先。マガミは小指だけを立ててみせる。

「約束だ」

約束、という言葉をニルは反芻《はんすう》してマガミの立てた小指の先を見つめる。指切り、という行為を知らないのだろうか。

彼女は、マガミのたくましい手をしばらく眺めていたが、急にそっぽを向いてベッドに横になってしまった。

「なんだよ。急に」

抗議の声をニルにかけたが、彼女は顔を背けたままだ。何か言い返してくるかと思ったが、ニルはそのままの姿勢で小さく独り言《ご》つ。

「うるさい。何も知らないくせに」

ニルはその一言を最後に完全に沈黙に入ってしまった。

何も知らないと言われればそうなのだが。マガミは困ったようにニルの背中を見下ろしていると、不意に頭痛が走った。何か閃光が目の前を走り抜けていったような目眩《めまい》も同時に感じる。

額に指を当てて痛みが通り過ぎるのを待つと、すぐに痛みは治まった。どうやら疲れが出たのかもしれない。マガミもニルの背中を横目に休むことにする。

良い感じに会話ができていたのにな。マガミはそう思いながら、仕方なくランタンの光を消した。

一斉に暗くなる艦内で、静かな寝息が聞こえ始めたのはそれからしばらくしてからのことだった。

＊＊＊

メンシス号の朝は、いつも決まった時間に切り替わる照明の色で告げられる。夜間は赤色のライトだが、外が明るくなるに従い通常の白熱電球の色に代わる。ちょうど、そのライトの切り替えで夜勤と日勤が交代することになっていた。

格納庫に取り付けられたライトが、船首側から順番に白色の照明へと切り替わっていく。電子的な切り替え音が一秒間隔で聞こえると、あっと言う間に全体が明るく照らし出された。

マガミは、眩《まばゆ》い明かりにまだ眠たい瞼を開ける。

寝付くのが遅かったせいか、やたらと身体が重い。それにいつも寝ている自室ではない場所で寝たせいもあるかもしれない。

マガミは身体にまとわりつく異様な重たさに、昨晩の状況を思い出していく。

「あぁ、そうか。昨日は格納庫で寝たんだっけ」

マガミは寝ぐせ頭のまま顔を起こすと、左腕のあたりの視界が悪かった。何かが視界を邪魔しているのだ。かなり近くで視界のピントが合わない。

寝ぼけた頭で目をこする間に、覚醒《かくせい》を始めた聴覚が心地よい寝息を捉え始めた。確証を得る前に、何となく予感がしてきたマガミは一度起こそうとした身体を静かに枕《まくら》に戻すことにする。

彼の左腕には、子供のような寝顔でスヤスヤと寝ているニルの姿があった。まるで抱き枕のようにマガミの腕を抱きかかえ、起きる気配が全くない。

昨晩は人一人分の隙間《すきま》があったベッドは、いつの間にかピタリとくっついていた。夜中にニルが寄せたらしい。手錠が邪魔だったのかもしれない。

「これは……困ったな」

マガミは自由の利く片手で頬を掻く。

ここでマガミが無理やり起こせば、朝から彼女の機嫌を悪くさせること間違いなしだろう。かといって、いつまでもこうしているわけにはいかない。じきに機関士たちが一斉にやってくるはずだ。

「うぅん」

照明の眩しさに、うなされ始めたニル。

マガミは覚醒の気配を感じて、狸寝入《たぬきねい》りを決め込んだ。先にニルが起きたことにする作戦だ。作戦通り、マガミの隣でニルは目を覚ました。

しばらく気配だけが右へ、左へと動いている。そして自分の状況を思い出したのだろう。慌ててニルが起き上がった。

ここだ、とばかりにマガミはその気配で目を覚ましたふりをした。

「んん？　もう朝か？」

わざとらしく目をこするマガミ。正面には寝ぐせで髪の乱れたニルがいた。彼女は急いで髪を直して、強引に立ち上がる。

そして身なりを整えながらそっぽを向いてしまった。彼女の頬が少しだけ紅潮しているのは気のせいではないだろう。マガミは何も見なかったことにする。

「早く起きて。カナヤゴたちが来る」

「あぁ。そうか。そうだったな」

マガミは自分の身なりを確認して立ち上がった。

さて、ニルの朝のルーティンは何だろうか。まずは顔を洗い、歯を磨き、朝食か。そんなのんきなことを考えているときに、事件は起こった。

まず初めに違和感に気が付いたのはニルだった。寝ぼけ眼《まなこ》だった表情が瞬時にキレを取り戻す。

マガミには何も分からない。おそらくこの船にいる大勢が気が付いていないだろう音を、彼女は聞いていた。

「まずい。来てる」

ニルはそう呟くと、突然走り出した。

あまりに唐突でマガミは走り出しが遅れてしまう。二人をつないだ手錠が、ガシャリと音を立てて真っ直ぐに引き延ばされる。

ニルは険しい表情でマガミを見た。

彼女の赤い瞳はいつも以上に真剣さを帯びている。しかしそこに敵意はなかった。マガミは何かを言いかけたニルより早く走り出す。

「どこに行けばいい？」

肩を並べて走り出す二人。ニルは即答する。

「操縦室！」

「分かった。合わせるから、好きに動け」

細く狭い通路に向かって二人が飛び込むと同時に、船体に異常が起こり始めた。

まず最初は、船全体を揺らす大きな衝撃だった。一瞬体が浮き上がるような衝撃。下から突き上げられている。マガミたちは咄嗟《とっさ》に壁に手を付き、足を踏ん張った。

その衝撃からすぐ、艦内に警報ベルの音が響き始めた。三つあるベルのうち、赤く塗られたベルが甲高くなっていた。

「クジラだ」

「クジラって、あのクジラか?」

マガミの質問に答えが返ってくることはなかった。ニルは一秒でも早く操縦室へ向かおうと動き出す。

船は本来ではあり得ないほど大きく傾きだしていた。

通路の上をまっすぐ歩くことはほぼ不可能に近い。もはや壁が地面になり、階段は吹き抜けの天井のようだ。船は重力の方向を何度となく変えながら、軋《きし》みを上げていた。

そんな状況でも通路の手すりや壁を使い、ニルはあっと言う間に操縦室までたどり着く。

彼女は決して焦《あせ》ってもいなければ、混乱もしていなかった。冷静に、状況を見極め、自分のするべきことを純粋に遂行しようとしている。

それとは対照的にマガミは状況が把握できず、困惑するばかりだった。

目的の操縦室に到着すると、ニルが扉を開く。彼女は勢いよく中を覗《のぞ》き込むが、操縦席には誰もいない。ニルは短く「くそッ」と呟いて、操縦室の前に延びる廊下を見た。

赤い警告灯が光る廊下には喧噪と混乱ばかりで、誰かが来るような気配は全くなかった。

ニルは一瞬で覚悟を決めた面持ちになる。

「マガミ、これ何とかできない?」

ニルが腕を持ち上げる。同時にマガミの腕も持ち上がり、互いを繋げる手錠が視線に入った。マガミはあたりを見渡し、どこからか転がってきたドライバーを拾い上げた。二人を繋いでいた手錠の鍵穴に先を突っ込み、強引に中の構造を押し上げる。

「これを持って」

マガミはドライバーを壁に押し当て、ニルに支えるよう指示を出す。ニルはすぐにマガミと手を入れ替えた。船体が徐々に逆方向へと傾きつつあるのを感じ、マガミは道具を探すことをあきらめた。

拳を強く握る。人を殴《なぐ》った経験は一度や二度ではない。過酷な外壁修繕の作業の中でも、自分の拳が壊れたことは一度もなかった。

折れてくれるなよ。マガミは短く願い、ドライバーに向かって拳を振りぬいた。

鍵穴に差し込んだドライバーは、マガミの拳を通して中の留め金部分を貫く。ほんの数秒で、マガミの目論見《もくろみ》通り、手錠は本来の機能を失って壊れた。

手首を摑んでいた輪が外れるとニルはすぐに操縦室に飛び込む。彼女が操縦席に着くと、操縦室のモニターが起動した。瞬時に周囲に光が走り、様々な計器が作動していく。

ニルはあれこれと計器を調整しながら、マガミを呼んだ。

「マガミ、ちょっと来て！」

ここで自分にできることは何もない。そう思っていたマガミは、呼ばれるがまま操縦室を覗き込む。

「アニマを呼んでくるぞっ！」

「駄目、待ってられない！」

ニルは起動準備を終えて、顔を上げた。そしてマガミをまっすぐに見つめる。

マガミは彼女が何を望み、何を言おうとしているのか、不思議と先読みできた。何となくだが、この光景がデジャヴのような気がしたからだ。

ニルは、マガミの予想通りの言葉を口にする。

「前に座って、マガミ」

操縦どころか、何をすればいいかも分からない座席に座って何ができるというのだろう。理性の働いている脳みそでは、その行為の合理性を見いだせない。どう考えてもアニマを呼びに行くほうが正しい決断だ。

だが、本能は別の答えを囁《ささや》いていた。

ぽっかりと空いた座席に、吸い込まれるように視線が向かう。

「あぁぁ、もう！　どうなっても文句言うなよ！」

なぜそんな判断に至ったのか、マガミには分からない。それでも彼の中で、昨日ニルに告げた言葉が木霊《こだま》するように聞こえていた。

ニルのために、自分にできることは全てやりたいんだ。涙を隠し、弱さを見せぬように強がって生きている彼女を、ひとりにしてはいけない。

たとえ、何もできないとしても、役に立たなくても、傍にいることくらいならできるはずだ。

マガミは意を決して操縦室に飛び込んだ。

＊＊＊

クルスが艦橋に着いたときには、メンシス号は大きく傾き灰化層の中に引きずり込まれていた。上下左右、本来の重力方向とはでたらめに揺らされる飛行艇の中で、クルスは至って平然と艦長席に身体を固定する。

「状況は？」

クルスの代わりに夜間の当直をしていたサエが、艦橋全体に聞こえるように声を張る。

「安全航行中、船体下部からクジラの襲撃。船体の一部を捕まれて灰化層内に引きずり込まれています」

「クジラは、黒か？　白か？」

「おそらく、戦い方からして白です」

当直警備をしていながら、奇襲を受けたことに口惜しさと責任を感じているに違いない。サエは珍しく苦虫を噛みつぶしたような顔をした。

クルスは帽子を脱いで、腰のベルトに結び付けた。長い髪をかき上げて軽く深呼吸をしてから、伝声管の全てのふたを開ける。

そして、怒鳴った。

「総員、第一種戦闘配置！　敵対象は白クジラだ！」

普段、感情の起伏を見せないクルスの目が血走り始めていた。総員を導く立場の艦長に求められるのは判断力と冷静さだ。

だが、クルスの本質は、熱く燃え上がる感情と情熱にある。戦闘が始まると、途端に本質が顔を表した。

器用に伝声管を操作して、クルスは操縦室に繋ぐ。

「操縦室、誰かいるか？」

『こちら操縦室、マガミです』

「マガミ？」

声を聴いてクルスが一瞬、冷静さを取り戻したように聞き返した。マガミの声から少し遠く、ニルの声が続く。

『アニマを待ってられない。発進する』

状況が状況だ。ニルの判断は正しい。

だが、クルスは即答するべきか迷った。その理由はマガミがアニマではないから、というだけではない。

クルスの予感が正しければ、きっとアマデウス機構は動く。マガミを船に乗せたときから、いつかそうなるかもしれないという覚悟はしていた。

しかし、こうも早くその日が来るとは。しかも、クルスの意思とは関係なく、本人たちが勝手に状況を作り出してしまった。

色々な準備が必要だ。迷いが頭を駆けたとき、心配そうにこちらを見るサエと視線が交差する。その瞬間、クルスは自然と考えが固まった気がした。

これは大人の都合だ。後の事はどうにでもできるし、どうにかするのが自分たち大人の仕事だ。

クルスは伝声管に声をかける。

「マガミ。舌を噛むなよ」

『え？』

マガミが聞き返す声と重なって、ニルの声が聞こえた。

『出力最大！』

ニルの掛け声と共に、クルスは艦内全てに伝声管を繋げて叫んだ。

「総員、対衝撃態勢！」

クルスの声とほぼ同時に、メンシス号は唸りを上げた。

メンシス号は灰化層上を飛行する物体としては小さい分類に属する。

しかし、それでも全長は百メートル近く、幅も飛行翼を含めると五十メートルを超える。それだけの飛行物体を灰化層の中に引きずり込むとなると、自然と相手も同等のサイズ以上のものになることは想像に難しくはない。

実際、メンシス号を灰化層の中に引きずり込んでいる相手はメンシス号よりも大きかった。

黒い鉄の塊でもあるメンシス号の船尾には、丸い輪郭をした別の鉄塊が絡《から》み合《あ》っていた。その様子はまさしく、噛みつかれているという表現がしっくりくる。

相手は灰化層の中を、尾びれのような動きをする推進機構で自由自在に飛んでいる。その姿は海の中を泳ぐ魚のようでもあった。

対して、メンシス号は成す術《すべ》もなく、本来であれば飛ぶための翼をバタつかせるばかりだ。


だが、それも今だけだ。

準備の整う前のメンシス号を、噛み潰さんばかりに頭を振るクジラ。船体が軋み、外部装甲が剥がれ落ちていく中、メンシス号の両翼に取り付けられた推進エンジンが点火される。

淡い青い光が拡散から一気に収束。炎とは異なる光が、周囲の灰化層を巻き込むと瞬く間に大気を鷲掴みにした。

クジラの咥《くわ》える船体が、推進力と共にミシミシと音を立てて這い出していく。歯のようにとがったクジラの捕獲装置ごと破壊して、メンシス号は急上昇を始める。

堪え切れなくなったクジラはメンシス号の拿捕《だほ》をあきらめ、口を開いた。

それと同時にメンシス号はクジラから瞬く間に距離を開ける。空賊を相手にしていたときとは明らかに飛行能力が違う。

メンシス号の速度はとどまるところを知らず、視界ゼロの灰化層を吹き飛ばすように突き進む。

大気と灰化層の境界線を突き抜けたメンシス号は、今まで見せたことが無いほど空高く舞い上がった。船体は青い空を泳ぐように百八十度反転した。

それはまるで、ブリーチングする魚のようだ。

太陽の光を浴び、船体自体が光輝く。メンシス号の進んだ軌跡には、アマデウス機構が放つ虹色の排気が煌めいて虹を描いている。

長い滞空時間。少しの時間を空けて、乱れた灰化層の境界面からクジラが飛び上がる。おそらくクジラはメンシス号がまだ捉えられる高さにいると見ていたのだろう。

しかし、メンシス号はクジラの遥か上空。

鉄の塊からは感情など読みとることはできない。

だが、このときは不思議と、クジラが呆然《ぼうぜん》とメンシス号を見上げているように見えた。

メンシス号から見下ろすクジラは、船体全体が白く塗装され錆びつきが目立つ。元々は黒い装甲なのだろう。艦体の所々にはまだ、錆びていなかった頃の名残が見える。

彼らは鋼の装甲を持ち、接続部からは青い光と共に虹色の排気をこぼす。メンシス号同様にアマデウス機構を搭載しているのだ。

メンシス号とクジラは同じ動力を持ち、同じ灰化層という海に生きていた。異なるのは、灰化層の上か下か、ということだけだ。

メンシス号は船体を回転させつつ、船首から灰化層に着層する。その勢いのまま僅かに灰化層の中に潜水すると、旋回を始めた。

『ソナー探知、開始します』

操縦室に繋がる伝声管の一つから、音響士の声が聞こえてくる。ニルは操縦桿《そうじゅうかん》を握りしめたまま、その声の先に言いつけた。

「いつでも撃てるように、砲門準備して」

『砲門準備、急げ！』

ソナーでクジラの位置を割り出しながら、各所に搭載された砲門が稼働する。普段は収納されている発射口が解放された。

クジラは再び灰化層に戻ったメンシス号を追いかけている。どんな仕組みかは分からないが、灰化層内での索敵《さくてき》はクジラに有利だった。

しかし、メンシス号も劣りはしない。音響士がソナーを発信する。灰化層の海を疾走する轟音の中に、僅かに反響音を拾った。

『位置特定！　座標表示します』

音響士の声の直後、マガミの座る座席の目の前に位置を示すモニターが起動する。

クジラは完全にメンシス号を捕捉している。直進してくるクジラに向かってメンシス号は船首を向けた。

このままでは正面衝突するような軌道を描いて進んでいく。クジラとメンシス号の距離が数百メートルを切ったとき、やっと白銀の灰化層にクジラの鼻先が見えた。

メンシス号とクジラの速度はかなり速い。目視から判断、実行までの猶予はほぼ無いと言ってよい。一瞬の判断が命取りという場面でメンシス号は船体をロール回転させて、クジラに身体を擦《こす》りつけるほどの距離で突っ込んだ。

互いの船が交差する瞬間、メンシス号はすれ違いざまに出せる瞬間火力の全てを発射する。

アマデウス機構からの推進力を圧縮、解放することで発生する爆発《ばくはつ》で巨大な銛《もり》が発射される。

一度に六つの銛がクジラの横っ腹に突き刺さった。

メンシス号とクジラは互いに交叉して離れていく。灰化層の海に姿を消していくクジラは、悲鳴のような金属の軋みを上げていた。

だがメンシス号も無傷ではない。クジラと交差した拍子に、船体を僅かに破損していた。

ソナー上で交戦を中断して消えていくクジラの姿を確認して、メンシス号は灰化層の上に飛び出す。飛行速度は変わらず、最大速度で戦場から離脱するのだ。

白銀色の雲海を切り裂きながら進むメンシス号は、まさしく戦闘艦としての能力を発揮しきった。相手を粉砕、撃沈する恐ろしいまでの戦力とは対照的に、虹色の轍《わだち》を残して走り去っていくメンシス号は、どこか神々しく見えるのだった。

＊＊＊

メンシス号は激しい戦闘にもかかわらず、奇跡的に搭乗員に死者は出なかった。

しかし、船体の被害は決して軽微ではなく、搭載してある資材だけでは全ての補修ができないほど船は傷ついてしまった。

機関長のカナヤゴ曰く、平常飛行には問題ないが戦闘になると不安が残る、という状態だった。

クルスは夜間飛行に入ったタイミングで、医務室を訪れる。最小限の明かりだけをともした部屋の中には、昼間の戦闘で散乱した薬品棚を整理するアガタの姿があった。

扉を開ける音で、アガタは気が付いて振り向く。訪れたのがクルスだと知り、彼女はそのまま作業に戻る。

クルスは入り口のすぐそばで足を止めた。長居をする気がないからだ。

早速、要件を話し始める。

「ニルは大丈夫か？」

「ええ。身体への負担は最小限で済んでるわ。それよりもマガミくんの事、どう説明するつもり？」

アガタは回りくどい話を全てすっ飛ばして本題に踏み込んだ。現実主義で合理的な彼女らしい会話の進め方だった。

「どうと言われてもな」

クルスはポケットに手を突っ込んで壁にもたれかかる。

「では質問を変えましょう。いつから、気が付いていたの？」

アガタは薬品棚の扉を閉じながらクルスに鋭い視線を向けた。深く息を吐き出してから、クルスはゆっくりと答える。

「ニルがアイツを連れてきたときだ」

「ならもっと早く言ってほしかったわね。検査結果を見て腰を抜かしそうになったわ」

そう言ってアガタは一枚のカルテを取り出した。そこには難しい言葉と数字が並んでいる。

医療関係者でなければ分からないような情報の集合体を差し出され、クルスは興味ないとカルテを押しのけた。

クルスはアガタの視線から逃れるように身体を斜めにする。

「本人にはどう説明した？」

「何も。少し興奮状態だったから休むように言ったわ。それだけよ」

「そうか」

しばらくクルスは考えを巡らすように沈黙した。

しかし、彼の思考を邪魔するようにアガタが口を挟む。

「今回の事は、マガミくんの存在だけが問題じゃないわよ。アマデウス機構の完全起動は、それよりも大きな問題かも知れないわ」

「あの虹色の排気は、そういう意味になるな。できれば見なかったことにしたいくらいだ」

クルスはそう言い、艦橋から見た光景を思い出す。

通常ではありえないアマデウス機構の出力、見たことのない虹色の排気、そして何故かそれらがニルとマガミの二人によって発生しているという現実があった。

実際にはありえないようなことが起こっている。

だが、それらの事象を繋ぎ合わせれば、自然と答えは浮き彫りになっていく。その秘密を知るのは、今はここにいる二人だけだった。

クルスは状況を収めるための案を口にした。

「今回の件はニルの単独飛行という事にする。それから、アマデウス機構の完全起動も伏せる。何にしても物品補給と船体整備で研究所に戻る必要がある。あそこで、この話を持ち出すのは厄介《やっかい》だ」

「その判断でいいと思うわ。少なくとも、今のところは」

アガタはカルテを小脇《こわき》に抱えて、いつも使い慣れている椅子に腰かけた。背もたれが大きく曲がり、金属の擦れるような音が聞こえた。

疲れと悩みをまとめて吐き出すような大きなため息をこぼし、アガタは煙草を取り出す。ここは禁煙のはずだが、お構いなしに彼女は煙草に火をつけた。

「うまく誤魔化せればいいけど。何か嫌な予感がするわ」

「最善は尽くす。もしものときは」

クルスはそこで中途半端《ちゅうとはんぱ》に言葉を切った。

これ以上先はわざわざ口にするようなことでもない。そういうことなのだろう。

クルスは体を起こすと、別れの挨拶《あいさつ》もなく医務室の扉を開けた。背後にアガタの視線を感じながら、クルスは扉を閉める。

カチン、と扉が閉まったのを確認して、誰もいない廊下でクルスは大きなため息をこぼした。

四章 ～離隔～

マガミがメンシス号に乗船してからひと月近い時が経《た》った。

初めこそ、色々なごたごたや摩擦はあったものの、機関士たちからの信用も得られて船の基幹部分の調整作業まで手伝うようになってきた。さらにアニマたちからも愚痴を聞く相談役としての立場を確立しつつある。

それはもちろん、マガミの努力もあったが、持ち前の誠実さと素直さが幸いしているようだった。

しかし、そんなマガミにとって一歩を踏み込めない人物もいた。

カナヤゴから急に休日を言い渡されたマガミは、唐突にクルスからの呼び出しを受けた。呼び出し先は立ち入ったことのない小部屋だった。

他の部屋の入り口より掃除がされていない錆び付いたドア枠が印象的で、扉自体にもたくさんのステッカー跡がついている。メンシス号の艦内では、特に浮いているような雰囲気だ。

扉のすぐ脇《わき》には「艦内禁煙」と書かれたポスターがあり、禁煙の文字の下に手書きで「ここは唯一のオアシス」と書き込まれていた。

誰《だれ》が書いたのだろう。マガミは首をかしげながら扉をノックした。

薄い鉄板の扉がボンボンと間抜けた音を立てる。しばらくしても返事がないので、マガミはそっと扉を開いて中を覗《のぞ》き込んだ。

部屋の中は薄暗い。ひとつしかないフィラメント電球の下で、がっつり煙草を吸うクルスの姿が見えた。マガミは思わず背筋を伸ばし、挨拶《あいさつ》をする。

「お疲れ様です。マガミです」

「喫煙室にノックして入る奴《やつ》がいるか」

「え、あぁ。ここって喫煙室なんですね。すっかり何か怪しげな部屋かと」

「まぁ、間違ってはいないな」

口から煙を吐きながら、珍しくクルスは頬《ほお》を緩ませた。

灰皿の中に灰を落とすと、彼はマガミに入るように手招きをする。マガミは軽く会釈をしてから部屋に入った。

四畳程度の部屋は酷《ひど》く狭く感じる。灰皿と壁に取り付けられた座席代わりの手すりのせいだ。仕方なくクルスと肩を並べるように隣に立つと、彼はマガミに煙草の箱を差し出した。慣性の力で箱の中から数本の煙草が頭を覗かせる。

「すみません。煙草は吸わないので」

「懸命な判断だな。だが、ここは喫煙室だぞ」

「……」

マガミはクルスの言葉の意味を思案する。

そもそも、ここへ呼び出したのはクルスのほうだ。もしかして煙草を吸わせるために呼び出したのだろうか。そんなチンピラの先輩みたいなことをするだろうか。

マガミが答えのない裏読みをしていると、クルスが微《かす》かに笑う。

「冗談だ」

クルスは煙草の箱を器用に手の内で回転させると内ポケットにしまった。

クルスがマガミに冗談を言うなんて珍しい。普段無口で冗談を言わない人間が、ご機嫌に喋《しゃべ》っているというのはどうにも不気味である。

不安げなマガミの視線を受けて、クルスは彼の心情が読めたらしい。やや居心地悪そうに苦笑いを浮かべる。

「悪いな。ここではどうにも素が出る。そんなに気味悪がるな」

「いえ。こちらこそ、すみません。そうですよね、艦長も息抜きの場所がないと辛《つら》いでしょうし」

マガミは適当な返しをしつつ、表にあったポスターの意味を理解した。あの手書きの文字はきっとクルスが書いたのだ。

徐々に短くなってきた煙草を、心惜しそうに咥えたクルスは丁寧に煙を吸い込む。そして、やや声のトーンを下げて話を始めた。

マガミはそれだけで、話の本題が始まったことを察する。

「前回の戦闘でメンシス号は決して軽微ではない被害を受けた。船の修繕が必要だ」

「でしょうね。この一週間、機関士のみんなで修理し続けていたのでよく分かります」

マガミはこの一週間の怒濤《どとう》の忙しさを思い出す。寝る間も惜しんで、とはまさにこのことという日々だった。

クルスは煙草を吸う数秒、マガミに労《いたわ》りに似た感情を視線で送ってくる。その目が一度床に向き、煙が吐かれると再びいつもの色のない瞳《ひとみ》に戻った。

「これからメンシス号は、本格的な修繕のために所属している第十三都市に寄港する予定だ」

「ええ。そんな話はカナヤゴから聞いてます」

「そこで、お前に頼みがある」

艦長であるクルスの頼み。しかもこんな個人的な空間で。マガミはなんとなく嫌な予感を覚える。

「難しい頼みではない。クジラとの戦闘中、お前は操縦室にいなかったということにしてほしい、というだけの話だ」

「操縦室にアニマ以外の人間が入ったことがまずいってことですか？」

「まぁ、そんなところだ」

クルスは答えをはぐらかすように言い、視線だけをマガミに向けた。

少しの間、マガミは考えるように唸《うな》った。

実は、クジラとの戦闘に関してマガミにもいくつかの疑問があった。本来ニルの能力を最大限発揮させるためのアニマの操縦席に、自分が乗っていても大丈夫だった理由がイマイチ分からない。

そもそも、マガミはこの船についてあまりにも知らないことが多い。これは好機とみて、彼はクルスに向き合う。

「分かりました。その代わりに、いくつか質問をしても良いですか？」

「答えられる範囲なら」

どんどん短くなっていく煙草の灰を落とし、クルスは呟《つぶや》くように返す。煙草の火が消えてしまうまでなら付き合うぞ、という風に思え、マガミは早口で訊く。

「メンシス号が、クジラと戦うための船だという話はニルから聞いています。ですが、どうしてクジラと戦う必要があるんですか？　そのために、どうしてニルが大きな責任を背負わないといけないのか、理由が知りたくて。多分、今回のことを秘密にするのも、その辺りに理由があるんですよね」

クルスは少しの間、換気扇に吸い込まれていく煙草の煙を見つめる。何から話せばいいのか、と小さく独り言をこぼしてから説明を始めた。

「メンシス号の目的はクジラの討伐および回収だ。正確には、クジラの中にいる搭乗員の確保を目的にしている」

「あれって搭乗員がいるんですか」

「あぁ。白い個体には高性能なアニマが搭乗している可能性が高い。他にも白クジラによる遠隔操作型の黒い個体も確認されている。我々の目的は白クジラを操縦しているアニマの確保だ。連中はアマデウス機構を操縦しながらも、数十年という寿命を担保している。その秘密を知りたい」

「どうしてそんなことが分かるんですか。だって白クジラの中に入って調べたわけでもないでしょうし」

「排気だ」

　クルスははっきりと言い切った。

「アマデウス機構を出力させるとき、排気の色に操縦する人間の癖《くせ》が出る。多くのアニマは操縦するとき、黒から灰色の排気を出す。だが、白クジラの場合はごく薄い白色で光の加減では虹色に見える独特な排気を出している。それが二十年以上前から変わらず続いている個体がいた。だから操縦士は同一人物だと仮定している訳だ」

「虹色、ですか。それは、確かに目立ちますね。黒色とは全然違うし」

「基本的に色が薄いほどアマデウス機構の出力は高くなる傾向がある。つまり白クジラの操縦士はかなりの高性能を維持しながら、長期間の生命活動を可能にしている。その理由が分かれば、これ以上無駄にアニマを死なせずに済むわけだ」

再びアニマの寿命について触れるクルス。その話題になると、いつも彼は険しい表情を浮かべた。マガミも、メンシス号に同乗するアニマたちを思い浮かべると、他人事ではない胸の痛みが生まれる。

「つまり、この船はアニマを救うために働いている、ということですか」

「少し意味合いがズレるが、概ねそうだ」

クルスは含みを持たした答えで肩をすくめた。

彼の横で、マガミは虚空を漂う煙を眺めながら、ニルのことを思い出していた。

「じゃあ、ニルはクジラの操縦士並みの出力を扱える特出したアニマだってことになるんですよね。その上、彼女は他のアニマよりも消耗が少ない。明らかに、他のアニマとは違っている」

質問というよりは、自分自身の中に言葉を落とし込むように語り、マガミは腕を組んだ。

「彼女って、一体何者なんですか？」

マガミは自然と浮かんだ疑問をクルスへ問いかけた。

クルスはいよいよ短くなった煙草を灰皿に押し付ける。これ以上、話すことは無いとばかりな態度だった。

最後の煙を吐き出して、クルスはまじまじとマガミの顔を見た。マガミはクルスの瞳に何か意図があるような不思議な雰囲気を感じる。

「それは、本人から聞け」

最後の最後まで答えを教えず、クルスは出口に向かう。また彼は肝心なところで話をはぐらかした。

マガミは彼の中途半端《ちゅうとはんぱ》な態度に不満を覚え、背中に向かって言葉を投げかける。

「それができるんだったら、わざわざ艦長に訊かないですよ」

クルスはマガミの不躾《ぶしつけ》な言葉に、片手を上げて見せる。

そんなことは分かってるが、言えないものは言えない。マガミにはその背中が、そう言っているように思えた。

クルスが喫煙室の扉を開けると、外の空調に重なって船員たちの気配が室内に流れ込む。扉を摑《つか》んだ手を一度止め、彼は思い出したように振り返った。

「そうだ。頼みついでにもう一つ」

クルスはそう言って人差し指を立ててマガミに見せる。

「第十三都市に戻ると聞いたら、ニルは機嫌を悪くするだろう。彼女の機嫌取りはお前の役目だ」

彼の指先がゆっくりとマガミに向けられた。

俺《おれ》が、という表情を浮かべたマガミへ、クルスがニタリと笑って返す。

「頼んだぞ」

その言葉を最後に、扉は閉められた。


クルスが言っていた台詞《せりふ》の意味を理解したのは、それからすぐのことだった。

マガミは混み合う時間帯を避けるように、遅い昼食を求めて食堂へ向かった。思惑通り食堂には人気は少ないのだが、おかげで余計に彼女の姿が目立っていた。嫌でもマガミの視線はその銀髪の少女に向けられる。

数台ある複数人掛けのテーブルをたった一人で占領しているニルは、明らかにムスッとむくれていた。半径二メートルに人が寄りつかない程度には機嫌が悪そうだ。

なんと言うべきか。気分がそのまま身体を纏《まと》う雰囲気に変わるというのは、実に分かりやすくて良いとも言える。彼女を避けるという選択肢のある皆にとっては、だが。

事を前向きに受け取りつつも、例外であるマガミは肩を落とす。

「はぁ、なるほどな」

マガミは皿の上にパンと豆の煮物を盛り付けて、渋々彼女と同じテーブルへ向かった。

「やあ。今日も機嫌が悪そうだな」

目の前の席に座ったマガミを睨《にら》み、ニルは僅《わず》かに唇をすぼめた。

「別に。君には関係ない」

「そうでもない。ニルの機嫌が悪いと、俺にお鉢が回ってくる」

「……それって、どういう意味？」

言葉が伝えようとする意図というよりは、言葉自体の意味が分からなかったのだろう。ニルは長い髪を耳にかけながら、疑問符の付いた視線を送ってくる。

「つまりは、俺が君を放っておけなくなるってこと」

マガミはそう言って硬いパンを千切った。内心、次に彼女が振ってくる言葉にどう返そうかと思案していたのだが、予想と異なりニルは何も言い返してこなかった。黙って目の前のトマトペーストを口に運んでいる。

マガミは様子を窺《うかが》うように彼女を眺めてみるが、何か動きがあるわけでもない。今度はマガミの頭に疑問符が付く番だった。

「どうかしたのか？」

「どうして？」

「いや、いつもの元気がない」

「そんなことは……ない」

図星だったに違いない。ニルはマガミに鋭い視線を向けながらも、顎《あご》をぐっと引く。傍若《ぼうじゃく》無人《ぶじん》な態度の目立つ彼女だが、隠し事は苦手なようだ。

マガミはパンを口に放り込む前に告げる。

「なんか助けになれる事があったら言ってくれよ。一応、俺だって君のことを気にしてはいるんだ」

心の中で、クルスに言いつけられたし、という言葉を繋《つな》ぐ。だが、もちろんそれは口にはしない。

どうやらその気配りは効果があったらしく、ニルは視線の鋭さを弱めて上目遣《うわめづか》いにマガミのことを見てきた。相変わらずその表情は心に刺さるものがあり、マガミは不覚にも心拍数が上がった。

「君は聞いた？　これからメンシス号は第十三都市に寄港するって」

「あぁ。聞いたよ。物資の補給やら、船の修理やら、物も人も時間も足りないんだ。それに、これからのことを考えても、ちゃんとドックで調整したほうが良い」

機関士の端くれとして当然の判断を言ったつもりだったが、ニルは前髪が乱れるのもお構いなしに額を掻《か》いた。そして吐き捨てるように呟《つぶや》く。

「あの街は、嫌いだ。行きたくない」

「嫌いって、第十三都市はこの船の所属している場所だろ。だったら、君の故郷になるんじゃないのか？」

「だから、嫌なんだ」

ニルは本心から嫌そうにそう言う。マガミにとって故郷と呼べる第六都市は、どちらかというと良い思い出のほうが多い。だが、世の中はマガミのような人間ばかりではないのも事実だ。

特にニルは現状、特殊な環境に置かれている。街での扱いや、過去の出来事が良い思い出ばかりとは言い切れない。だが、その話題に容易に触れるのは躊躇《ためら》われるところだ。

これ以上の話題に踏み込むべきか否か。思案をしていたマガミだったが、彼の意識をニルの小さな声が呼び戻す。

「それに、今回は僕だけじゃない」

彼女が摑んだスプーンが食器にこすれる音と重なり、危うく聞き逃しそうになった一言にマガミは耳を立てる。

「君だけじゃない？」

マガミが首をかしげると、ニルが半目で睨んでくる。本気で咎《とが》めるような雰囲気はなく、どちらかというと拗ねているような感じに近い表情に見えた。

その顔は、マガミにとって少し意外なものだった。とても自然で、偽りも強がりもなく彼女が見せた素の表情に見えたからだ。

なんだろう。すぐ前に座るニルの姿を目にして、マガミは心の中に何かの残影を見た気がする。目眩《めまい》を覚えて目を閉じると、瞼《まぶた》の裏を閃光が走り激しく頭が痛んだ。

「うう」

目頭に手を当てて眉《まゆ》をひそめたが、すぐに痛みは去っていった。マガミは、ほんの一瞬だけ現れた不愉快な感覚に首を捻《ひね》る。

彼の様子を目の前で見ていたニルは、どうやら彼の動作を別の意味と取った様子だ。

下唇を突き出すと、僅かに犬歯を覗かせて短く唸る。

「何も覚えていない奴は暢気《のんき》で良いな」

彼女は投げやりに言うと、やや荒い手つきでスプーンを食器に突っ込んだ。

またか。マガミは心の中で呟く。

何も覚えていないと言及されるのはこれで二回目だ。一体何を覚えていないというのか。マガミは今度こそ追及してやろうと口を開いた。

そのとき、背後に迫った人の気配を感じる。

「あら、あなたたちも休憩中だったのね」

その声を聞いて、マガミは椅子《いす》に座ったまま振り返った。

すると、そこには食器を手にしたルシオラと、彼女に隠れるように怯《おび》えた表情を浮かべるネブラの二人が立っていた。

珍しい組み合わせというわけではないが、彼女たちがニルの傍《そば》に自主的に寄ってくる行動は珍しい気がする。

黙って彼女たちの出方を見ていると、ルシオラがマガミにウィンクを飛ばしてきた。

「良かったら一緒に食事しても良いかしら」

なるほど。マガミはルシオラの態度も相まって彼女たちの思惑に合点した。

「俺は構わないよ。ニルも良いよな」

背を向けていた身体を戻し、ニルを見たマガミは思わず苦笑いがこぼれる。先ほどまで気を許していた表情は、瞬時に臨戦態勢に切り替わっていた。見事な仮面が装着されている。

「マガミが良いなら、僕は構わない」

狼を思わせる鋭い視線をネブラに向けたまま、ニルは渋々といった態度で首を縦に振った。

「どうやら問題なさそうだ」

「そのようね」

互いに肩をすくめるマガミとルシオラ。互いに目論見《もくろみ》は口にせずとも分かっている。ニルとネブラの仲直りを考えているに違いない。

早々にマガミの隣に座ったルシオラに対して、ネブラは食器を持ったまま困った様子でテーブルの席を見ていた。この場合、ニルの隣に座るのがバランスが良い。

しかし、ネブラは完全に怯えており、小動物のような速度でマガミの隣に座った。

せめて自分を挟んで座らないでほしかったな。正直そう思いながら、マガミはニルのほうを窺う。明らかに不機嫌なので話題を振るのはもう少し後が良さそうだ。

仕方なくマガミは中立状態のルシオラへ話を振った。

「艦の操縦はノクスがやってるのか？」

「えぇ。安定航行くらいなら私たちだけでもできるから」

そう口にしながら、ルシオラは正面のニルへ一瞬視線を向ける。彼女の発言に対して、ニルは何も反応を見せず、淡々と食事を進めている。

ルシオラは軽く眉を動かすと、自分の食事に手を伸ばした。

「アニマも大変だな」

彼女の様子を横目に、マガミは二つの意味で告げる。ルシオラは肩をすくめると「そんなことないわよ」と短く答えた。

「ところでニル。あなた、体調は良いの？　この前の戦闘でかなり出力を出したみたいだけど」

「平気。むしろ普段より調子が良いくらいだ」

ぶっきら棒だったが、ニルはちゃんと会話に答えた。

「そう。ならよかったわ。ネブラも気にしてたのよ。あれだけ船を走らせれば反動が大きいんじゃないかって」

やや強引《ごういん》な感はあったが、ルシオラはネブラを会話に引き込むように話題を振った。

だが、マガミを挟んで隣に座るネブラは、自分の名前が出た途端に手からスプーンを落とした。そして慌てて顔を上げると「へぇ？」と間抜けな声を出す。

ニルのことがそこまで怖いのか。なら何故《なぜ》、あんなに喧嘩《けんか》をふっかけたのだ。

マガミは呆《あき》れながらも、助太刀に入る。

「ニルの体調を気にしてくれてたんだろ？」

「あ、えぇ。そうよ。あのくらいの戦闘になるとさすがのニルでもへばるでしょ。穴を埋めるのはあたしの仕事になるだろうし。そうなって貰《もら》っちゃ困るって話よ」

たったの一文で、ネブラの悪いところが全《すべ》て出ていた。

マガミは額に手を当てたくなる気持ちを抑えて、ニルを見る。彼女もゼンマイを巻くように敵意、もとい殺気を込めた視線を机の上からゆっくりネブラへ向けた。

これは怖い。ダメだろ、その目は。

マガミは視線でニルに思いとどまるようにメッセージを送った。どうやらその思いは届いた様子で、舌打ちと共に彼女の威嚇《いかく》が弱まっていく。

「う、うぅ」

ニルの威嚇をもろに受けたネブラは、隣で首を縮めていた。彼女は助けを求めるような視線をルシオラへ向けたが、ルシオラは涼しげな顔で顎をしゃくった。早く話せ、とでも言いたげな態度だった。

退路を断たれたネブラは背筋をただすと、喉《のど》を鳴らしてニルに向き合う。

「こ、この前のことなんだけど。謝ろうと思ったの。あんたの気も知らずに言いすぎたわ。ごめんなさい」

思いの外、しっかりと謝罪の言葉を告げたネブラは小さな頭を下げる。ピンク色の髪がうなだれ、彼女の頭頂部へニルの冷やかな目線が注《そそ》がれる。

頼むから、余計なことを言わないでくれ。マガミは願うようにニルの次の言葉を待った。しばしの沈黙の後、ニルは短いため息を溢《こぼ》す。

「次、同じことやったら殺すから」

一応、謝罪を受け取ったと思える言葉に胸をなで下ろしつつ、マガミは断りを入れる。

「ニル。殺すは言いすぎだ」

「殺されても文句は言えないだろう。現にあのとき君に止められなかったら、僕はこれを――」

ニルはネブラを指さして何かを言いかけ、言葉を止めた。マガミの視線が一瞬にして鋭くなったことの意図を読んだらしい。少し口をもぐもぐとさせた後、ニルは言葉を再開する。

「ネ、ネブラを殺してたかも知れない」

辛らつな言葉を打つけられたのにもかかわらず、ネブラは驚いたように顔を上げた。その後、ルシオラと顔を見合わせている。

まさかとは思うが、今までアニマを名前で呼んだことがなかったのか。マガミは色々と突っ

込みたい気持ちを抑えて再びニルに告げた。

「だから、そう簡単に人を殺すなって。殺意が湧《わ》いたら、まずは俺に相談してくれ」

「……んっ」

ニルはどこか気恥ずかしそうに答えると、トマトペーストをすくって口に突っ込んだ。

マガミも手元にある豆を口に運ぶ。今日の豆の煮物は、少しだけいつもより美味《おい》しいような気がした。

＊＊＊

メンシス号が第十三都市に到着したのは数日後の夕方だった。

灰化層《はいかそう》の水平線にオレンジ色の太陽が沈みかけているとき、船体は第十三都市の港へ着艦した。

他の都市と比べても遥かに小さい第十三都市は、灰化層の海にひと際高い外壁を備えていた。まるでバベルの塔を思わせる強固な造りは、陸地が少ないからこその設計なのかもしれない。

メンシス号が着艦する港も、手作り感満載だった第六都市のものとは大きく異なっていた。研究都市らしく実に丁寧かつ合理的に設計された港には、機関士たちの憧《あこが》れやロマンが詰まっている。

船の着艦作業でブリッジに出ていたマガミは、近未来的な造りの第十三都市に感動の声を上げていた。

隣で固定ワイヤーを取り付けるカナヤゴが、マガミを見てどや顔を披露する。

「ここが俺たちの故郷、第十三都市だ。どうだ、凄《すご》いだろ！」

「すごい。第六都市と同じ時代の街とは思えない」

「あぁ。ここはな、アニマの育成機関としても有名な場所だからな。金も、名誉も、物資も、人材も、あらゆる物が集まる。だから発展の具合も他の都市とは桁違《けたちが》いだ」

綺麗《きれい》に整備された港に無事に着艦したメンシス号から、搭乗橋が伸びていく様子が見えた。岸と接岸した後、そこを数人の見慣れた機関士たちが下りていく。

「故郷ってことは、みんなここに家族がいるってことですよね？」

マガミがそう尋ねると、カナヤゴは嬉《うれ》しそうに頷《うなず》いた。

「あぁ。大抵の連中はここに家族を残してる。かく言う俺もその一人だ。しばらく娘の顔も見てないからなぁ。早く帰りたくてうずうずしてきた」

「やっぱみんな船を降りて会いに行くんですか」

「そりゃそうだ。もう三か月近く会ってない家族だぞ。今回は整備にも時間がかかるだろうし、下船許可も出るだろうからな。しばらく羽を伸ばす奴は多いはずだ」

「ってことは、カナヤゴも？」

「あぁ。なんだ、寂《さび》しくなったか？　よければ俺のうちに泊めてやってもいいぞ」

「いや、家族水入らずで過ごすところに邪魔するのは、ちょっと」

「変なところで気を遣うな、お前は。ははっは！」

大きな声で笑うカナヤゴは本当に嬉しそうだった。その姿もそうであるが、それより妻子持ちという話を初めて聞いて、マガミは少し不思議な心持ちになった。

灰化層の上に長期間滞在して飛行するメンシス号の搭乗員にも、陸に残してきた家族がいる。飛行都市であればそこが暮らす場であり、家族も住んでいる。いわば空を飛ぶ場は人々にとって家であり、そこにいる仲間は家族なのだ。

しかし、この船は暮らすためのものではない。戦うためのものだった。

マガミにはその感覚が新鮮で、同時に羨《うらや》ましくも感じる。

家族のいないマガミにとって、メンシス号の仲間たちは家族のような仲間になりつつある。その彼らには別に守るものがある。そのことが仲間外れのような感情を生み出すのだった。

「マガミの家族は第六都市にいるんだったか」

豪快な笑い声を納めると、カナヤゴはマガミの様子を見る。表情に感情が漏《も》れていたのかもしれない。マガミはそう思い、なるべく平静を保ちながら首を横に振った。

「いえ。俺は物心ついた頃には整備士の親方のところにいたんで、本当の家族は知らないんです。実は俺、自分の正確な年齢も知らなくて。生みの親が誰かも知らないんですよね」

「そうだったのか。お前も苦労してるんだな」

カナヤゴの気遣うような態度に、マガミは大袈裟に声を明るくして答えた。

「俺の場合は親方が親代わりだったから、そんなに大きな苦労もありませんでしたよ。逆に子供の頃から仕事を叩き込まれて、手に職が持てただけありがたいと思ってて。俺の住んでた街にも親に捨てられて食いぶちもなく、死んでしまうような子供がいましたから」

「どこにでもそういう連中がいるもんだな。俺は自分の娘を捨てるなんて考え、浮かびもしないが」

カナヤゴはそう言って太い腕を組んだ。

彼はそう言うが、現実問題として子供を育てられない環境にいる人々は存在している。限られた土地と空間、食料、そして世界を覆《おお》う灰化層の毒。それらは確実に人類を破滅に向かわせているのだ。

重い空気が二人の間に流れる。これはいけない、とマガミは話題の矛先《ほこさき》を変えた。

「そういえば、アニマたちの家族もここに？」

カナヤゴは何だそんなことも知らないのか、という顔をする。

「アニマは親の居ない孤児から選抜されてるはずだからな。ここに家族はいない。育ての親がいる施設こそあるが、一度外に出た人間は戻れないらしい。アイツらの生い立ちってのは、少し複雑というか、陰があるというか。とにかく連中は家族がいないんだ」

「そうか。なら彼女たちは船に残るんですかね？」

「いや、検診と経過観察のために研究所に行くだろう。それなりに消耗が激しいからな。毎回、アガタがニルと一緒にまとめて研究所に連れていってるぞ」

「じゃあ俺、本格的に暇になるってことですか。やっぱりカナヤゴの家に行こうかな」

「お、来るか？　いいぞ、俺は大歓迎だ」

巨体に肩を組まれてマガミはふらつく。カナヤゴは彼の肩を強く摑んだまま、豪快に笑っていた。やはり彼は気の良いやつだ。マガミは自然と口に笑みがこぼれた。

二人は実のない世間話を交わしながら、船内へ戻るためにデッキに向かう。

そこで意外な人物が梯子を上がってきた。軍帽を被ったクルスがデッキから顔を出して甲板を見渡す。そしてマガミとカナヤゴを見つけた。カナヤゴは律義に敬礼をする。マガミも一応真似て敬礼をした。

「マガミを借りたいんだが、構わんか？」

「はい。停船作業は完了しましたから、どうぞ」

「悪いな。マガミ、ついて来い」

クルスは手短に会話を切り上げ、マガミを手招きした。そしてさっさと一人で梯子を下りていく。

一体何の用だろうか。最近、クルスに呼び出されることが重なり不安になってくる。

「また後でな」

マガミの背中を叩き、カナヤゴが挨拶を残す。マガミも軽く頭を下げて船内への入り口に向かった。

梯子を下りて船内に戻ると、いつもより正装をしている艦長のクルスが待っていた。室内灯の明るい場所まで出ると、クルスは何の前置きもなく用件を口にする。

「マガミ、お前は船を降りるな」

「え？」

急な命令にマガミは何も言い返すことができずに棒立ちになった。

「何か、問題が？」

「ある。だからお前は船を降りるな」

「でも折角ここに来たから、少しだけでも街を見てみたいんですけど」

「駄目だ」

「どうしてですか？」

「ニルの要望と、艦長である私の判断だ」

どうしてここでニルの名前が出るのだろう。マガミは眉をひそめる。

何か理由があるのは分かるが、その理由の尻尾《しっぽ》も見えてこない。それに何も説明されないのは気に食わなかった。

マガミの中で感情が不完全燃焼を起こす煙が上がり始める。

「どういうことか理由の説明くらいはしてくださいよ。どうして俺の下船にニルが口を挟むんですか？」

クルスは説明するわけでもなく、ただ黙ってマガミを見下ろす。マガミは話し出そうともしないクルスに苛立ちが募り始めた。

「艦長はどうしていつも説明するべき場面で説明しないんですか？　黙ってても俺は納得しませんよ」

口調を強くクルスに詰め寄るも、彼は一歩も引かない。一文字に結んだ口が開く気配は全くなかった。

その代わりに、クルスの後ろから唐突にニルの声が響いた。

「僕がそう頼んだ。この街に君を降ろしたくないから」

ニルは軍服の上に外套を羽織り、正装時の軍帽も被っている。これからクルスと共に下船するようだ。二人揃《そろ》って、事前になにか相談をしたらしい。頻繁にぶつかり合ってる二人にしては息がそろいすぎている。

マガミは自分のことを勝手に決められ、蚊帳の外に置かれたことが無性に悔しく思えた。

「それってどういう理由でだ。どうして俺に相談もなく勝手に決める？」

「君を船に乗せたのは僕の都合。だから、この街に降ろすかどうか決めるのも僕の都合で決める」

「なんだよ、それ」

マガミは感情を乗せて、言葉を床に投げ捨てる。

彼女とはついこの前、人を物扱いするなと争ったばかりだ。あれから少しずつ人に優しくなってきたニルを傍で見ていただけに、不愉快さを堪えきれない。

まさか、このタイミングで自分のことを物扱いするとは。

マガミは頭に血が上っていくのを感じる。以前なら、青筋を立てていたのはニルのほうだった。しかし、今回は立場が逆だった。

ニルは至って冷静に、澄んだ赤い瞳で真っ直ぐマガミを見つめている。怒りに奥歯を噛《か》みしめているのはマガミのほうだった。

「その言い分を、艦長は納得したんですか」

怒りを堪えながら、マガミはクルスを見上げた。彼は相変わらずの光の見えない黒い瞳をしたまま、黙って首を縦に振った。

「なんだよ、それ」

マガミは悔しそうに顔をゆがめ、クルスの身体を押しのけた。そしてそのまま通路のほうへと歩いて行く。

荒々しく歩を進めるマガミの背中に、クルスの低い声が飛んだ。

「船には数名の搭乗員と、サエ副艦長が残る。細かい指示は彼女に従え」

マガミは彼の声を聴いて、薄暗い通路の入り口で足を止めた。震える拳《こぶし》と肩から、口惜しさを振り落とすように力を抜く。それからマガミは「分かりました」と小さな声で返事をした。そして通路の薄闇《うすやみ》に消えていく。

彼の背中を見送るニルは、何か声をかけようとして口を開いた。ただ、そのときには既にマガミの姿は見えなくなっていた。

彼女は下唇を噛み、それから制服の襟《えり》を正した。いつもより一回り小さく見える彼女の背中を見て、クルスが肩を叩《たた》く。

「これでいい。最善策だ」

「でも、また仲直りしないといけない」

「そうだな。だが、仲直りくらいなら何度でもできる。相手が生きていれば、な」

クルスは自分に言い聞かすように、重たい口調でそう告げた。まるで自分には仲直りしたくてもできない人間がいるかのような、そんな雰囲気だった。

＊＊＊

メンシス号が第十三都市に着艦してから一日が経《た》った。

朝から外部装甲の取り外し作業が始まり、艦内のどこにいても五月蠅《うるさ》いほどあちこちで作業音が響いている。

マガミはすっかり空調の利《き》かなくなった蒸し暑い艦橋で、機材の配線チェックをしていた。この前の戦闘で幾つかの機器が故障したらしい。座席の下で仰向《あおむ》けに横たわり、交換した機器の配線を直していく。

どうにか手持ちの道具で直せそうだと算段を付けて、マガミは機器の下から這い出した。

「直るか？」

汗だくになったマガミを見下ろし、そう聞いてくるのはサエだった。

メンシス号の作戦行動は一時解除されている。それにもかかわらず、彼女は普段通りの軍服に帽子を被っていた。乱れひとつなくまとめられた髪は、もはやそういう形状なのではと思うほどいつもと変わらない。

マガミはシャツで汗を拭って一息入れる。

「パネルには接続し終えてますけど、まだ感知システムと繋いでないので何とも。でも、今日中には直ります」

「仕事が早くて助かる。流石に私には機材の修理はできないから」

「それは機関士に任せればいいですよ。そのために俺たちみたいな技術屋がいるわけですから」

艦橋を覆う強化透明パネルを、作業員が取り替え始める。船の外から蜘蛛《くも》のように張り付く作業員たちを眺めつつ、マガミは気まずい雰囲気を感じていた。

艦橋の機材修理を頼まれたのはいいものの、まさかサエが片時も艦橋を離れないとは思いもよらなかったのだ。

彼女は作業をしている横で航行記録を読んでいたり、艦橋の機材を確認したりしている。作業中は別にいいのだが、こうしてお互いに休憩の時間が重なると何を話してよいのか分からなかった。

何を考えているのか全く読み取れない仏頂面はもはや鉄仮面に等しいし、口から出る言葉は規約や規則ばかりで小難しい言葉を多用する。普通の会話をしているところすら見かけたことがない、機械のような人。それがマガミのサエに対する印象だ。

そんな人間と、どんな会話をすればいいというのだ。

水筒の水を飲みながら、マガミは気まずい沈黙の中でサエを横目に見る。彼女は何も感じていない様子で艦長席の横に立っていた。直立不動。まっすぐ伸びた背筋が美しい。やや猫背になっていたマガミは無意識に背筋を伸ばしていた。

「マガミ」

「へ？」

大して休憩していないにもかかわらず、あまりの居心地の悪さに作業を再開しようとしたマガミに、突然サエが話しかけてきた。

　思わず変な返事をしてしまったマガミは、恐る恐る顔を上げる。

「艦内待機命令に不満があるようね」

「あ～、まぁ待機と言われれば仕方ないと思えはするんですよ。だって居候《いそうろう》の身だし。でも、一応ちゃんとした理由は聞きたいなぁって。それだけの話です」

　マガミは昨日の出来事を思い出して、頬を掻いた。

　あのときは、感情的にクルスやニルに噛みついてしまった。後になって考えれば、何か事情があったと理解できる。

　しかし、その場では理不尽な言葉と対応に対して感情的になった自分を抑えられなかった。時に命を懸《か》けねばならない場面にも遭遇する外壁修繕技師としては、褒められた態度ではない。

　マガミの態度に、サエは姿勢を一つも変えずに頷く。

「マガミは、年齢のわりに大人だな」

　意外な一言にマガミは身体を止める。サエの口から個人的な感想のようなものが語られたのが初めてだったからだ。

　これは一体どういうことだろうか。マガミは少し心配になり、あたりを見渡した。何もないし、何か起こるわけでもなさそうだ。

　そのマガミの動きにやや不満なのか、サエは咳払《せきばら》いと共にマガミを見据える。

「ニルがお前を下船させたがらない理由は、この街が彼女たちにとって悪夢の場所だからだ」

「悪夢の場所、ですか。確かにニルはこの街に来るのを嫌がっていましたけど」

どこか納得いかないという雰囲気を出すマガミを前に、サエは感情の見えない視線を艦橋の外へと向けた。

「ニルから詳しく聞いている?」

「さすがに、あまり踏み込んだ話までは」

「そう。ならば、良い機会だから伝えておく」

ニルの懐《ふところ》に一歩踏み込む話ともなれば、興味がないと言えば全くの嘘《うそ》になる。だが、マガミは後ろめたい気持ちに首を縮めた。

「あの、それって。俺が詳しく聞いてもいい話ですか?」

「駄目なら話さない」

全く反論の余地を残さない正論に、マガミは大人しく首を縦に振った。

「ですよね。では、聞かせてください」

一度は機材の下にもぐろうとした身体を起こし、マガミは本格的に話を聞く姿勢に入った。

「この街の基幹産業はアニマの製造だ。地下から採掘される大昔の技術であるナノマシンを、孤児院で適応能力を伸ばしたアニマ候補に注入する。半分以上は死ぬが、適合できた半分がこの港から出荷販売される。そういう産業で成り立っているのがこの都市だ」

「え、ちょっと。いきなり重い話ですね」

マガミは突然の話に眉間に指をあてて考え込む。

サエの話が正しければ、それはつまり人身売買である。しかも孤児院の子供を利用して製造しているとなれば、人権問題にもつながる。

そんな非道なことが第十三都市全体で行われているのか。

自分の生きてきた世界とあまりに異なる環境と価値観に、マガミの理解は遅れた。サエはそんな彼の理解を待つことはせず、淡々と続ける。

「アニマは世界各地にあるアマデウス機構を動かすために常に必要とされてる。だから取引先に困らない上に高価格で売買できる最高の商材だ。だが、その中でも特別な性能を持つニルは、普通のアニマたちとは造りが違う」

何の感情も含めずに話していくサエを、思わずマガミは制止した。

「あの、やっぱりその話って本人から聞かなくて大丈夫ですかね。かなりセンシティブな話になる気がするんですけど」

この話の流れからすると、これからサエが話す内容はとんでもないモノである気がしてきた。

だが、サエは涼しい顔で言った。

「ニルは墜落していたクジラの中から発見された古代種の遺伝子を利用して人工的に造られた人間よ」

流れるような言葉の羅列がマガミの頭を通過していく。

人工的に造った人間、古代種の遺伝子、墜落したクジラ。それらを繋ぎ合わせて理解するのに数秒の時間を要した。

そして頭の中で理解できてから初めて時間が正常に流れ始める。

「人間を人工的に造った、って？」

「そう。アニマの生産は地下から採掘されるナノマシンの量に依存している。ナノマシンが枯渇すれば、世界中で飛行都市の維持が不可能となり、人類の生存領域が極端に減ることになる。そうなれば人類の滅亡は時間の問題。だから、研究者たちは考えた。永久にアマデウス機構を運転し続けることができる人間を造り出そう、と」

「そんなこと、可能なんですか？」

「可能か不可能かではない。可能にする。科学者たちが目を付けたのは、大昔から観測されていたクジラと呼ばれる潜行型飛行艇だった。クジラの動力がアマデウス機構だってことは分かっていたし、あれを継続的に操縦し続けている操縦士の存在は既に把握していた」

サエの流れるような説明を聞きながら、マガミはクルスから聞かされた話を思い出す。虹色の排気云々の話だ。

サエはマガミの眉間に寄った皺を流し見て、遠慮なく話を進めた。

「そんな中偶然見つかったのが、灰化層の底に墜落して沈んでいたクジラだ。クジラの内部で発見された太古の技術に適応した旧時代の人間を使って、研究者たちは古代種の再生を試みた。通称『ニル計画』と呼ばれる研究が始まり、成果として生まれたのがニルよ」

サエの語る話で、マガミの頭の中に断片的にあった情報が繋がっていった。

だが、そこでふと疑問が生まれる。

「じゃあ、どうしてメンシス号はクジラと戦っているんですか？　おかしいですよ。もう、ニルという成果が出ているなら――」

マガミは自分でそこまで口にして、気が付いてしまった。この質問は、実に恐ろしい事実へ繋がっているということに。

サエは、彼がそのことに気が付いていると知りながら躊躇《ちゅうちょ》なく答えを口にする。

「ニルは、研究の成果ではある。でも成功例ではないの。ツインアマデウス機構も、アニマが同乗する必要があることも、全ては彼女の不完全さを補うため。ニルは失敗作よ」

「失敗作……」

本来、人間に対して使われることのない言葉を口にし、マガミは合点した。

第十三都市はアニマの製造のために多くの子供を見殺しにするような場所だ。失敗作と烙印を押されたニルにも処分の危機があったに違いない。

彼女が生き残るために唯一残された方法。それは、自分が存在価値のあるもの。ニル計画の成功のために役に立てるということを証明することだった。

そこで彼女に残された最後の場所が、メンシス号だったのだ。

他者より自分が優位に立ちたがる癖も、自分の足を引っ張るようなアニマに苛立っていたのも、彼女のそんな状況があったからだった。

マガミは猛烈な速度で繋がっていく理解の連鎖に、頭を抱える。自分はとんだ勘違いをしていた。彼女の背負っていたものは、マガミが想像するよりも遙かに大きく、過酷な現実だった。

マガミは知らず知らずのうちに「なんてこった」と呟いた。

「じゃあ、メンシス号がクジラを捕まえたら、ニルはどうなるんですか？　役目を終えてしまったら、彼女はもう用無しになるんじゃ」

「勘違いしないことね。これは彼女が望んでやってる任務よ。ここで成果を上げなければ処分されると、彼女自身が最もよく分かってる」

「そんな。それじゃあ、ニルは前に進むも後ろに戻るも、結果は同じだ」

「それを知った上で、彼女はこの道を選んでいる」

サエはそう言うと、珍しく目を細めた。

マガミにはついさっきまで輝いて見えていた第十三都市の光景が、今では恐ろしい人間の欲望と闇《やみ》の塊に思え始めていた。

たとえ煌々《こうこう》と光に照らされていようと、そこには魔物たちが生きている。たくさんの屍《しかばね》と、崩壊した倫理観の上に、この街の繁栄は成り立っているのではないだろうか。

そして世界の多くがその恩恵を受けている。マガミもまた、そんな事実を知りもせず平穏に暮らしていた。

マガミはいつの間にかニルの姿を思い浮かべていた。ちょっとしたことで不機嫌になり、愛想もへったくれもない態度を取る。それは全て、壊れかけた自分の人生を守るために必死に生きていることの裏返しだった。

なのに彼女は時にマガミの手を引いて上機嫌に笑っていた。あれは一体どうしてなのか。何故、自分が彼女に選ばれているのか。

マガミは行き着いた思考の先に進む答えを持ち合わせていない。そこから先は、実際にニルに聞くしかなかった。

思考の混乱から立ち直り、マガミは顔を上げる。

「サエ副艦長。話してくれてありがとうございます。色々分かりました」

マガミはサエに向かって深々と頭を下げた。それから、付け加えるように訊いてみる。

「でも、やっぱりこの話ってニルから聞いたほうが良かったんじゃないですかね。彼女、怒るような気がするんですけど」

「こんな話を本人にさせるつもり？　自分は人工的に造られた試験管チルドレンだって。それこそ、彼女の機嫌を損ねる。年頃の女の子には酷な話よ」

サエが僅かに感情を乗せて呟く。

鉄の女、能面、機械仕掛けの副官などと揶揄《やゆ》されているサエだが、実際は心遣いができるタイプなのかもしれない。

機器の修理に戻ろうと腰を下ろし、膝《ひざ》をついたところでマガミは後から湧いてくる疑問に手を止めた。

この話はどちらかといえば研究系の仕事をしている人間のほうが詳しい話のように思える。例えば、アガタや艦長がするのであれば分かるが、何故副艦長であるサエがこれほど事情に精通しているのだろうか。

マガミはもう用件は済んだとばかりに立ち去ろうとしていたサエを呼び止めた。

「ところで、どうして副艦長はそんなに事情を知ってるんですか?」

サエはマガミの質問に答える前に、帽子を脱いだ。形が崩れないように小脇《こわき》に挟み、完璧《かんぺき》な髪形を気にするように手で均《なら》す。

「古代種の回収をしたのが、艦長と私だったから。もう随分と昔の話よ」

サエはそう言って帽子を目深にかぶった。

＊＊＊

第十三都市は研究施設がその大半を占めている。地表面に建設された建物だけではなく、小高い丘の地中にも多くの施設が建造されていた。

その構造から、第十三都市は蟻塚《ありづか》と呼ばれることもある。入り組んだ地下部の構造の全貌を知っている人間は限られているだろう。

アガタは施設の地下にある無駄に明るい部屋でカルテをめくる。あれこれと数値が書き込まれたカルテには、それぞれ被検体の番号が記入されていた。

この場所ではアニマたちに名前は与えられない。全て製造番号と、型式を現す単純な記号で識別されるだけである。

鼻先にかけたメガネを外し、アガタは隣の部屋に視線を流す。

ガラスで区切られた向こう側では、ネブラとノクス、ルシオラが専用のストレッチャーに横たわっていた。彼女たちの身体には何本ものチューブが繋がっている。

その一つ一つの点滴量を確認する研究員たちが、彼女たちを取り囲む機械と睨めっこをしていた。彼女たちの体内に注入されたナノマシンの活性状態をチェックしているのだ。

「まったく、忌々《いまいま》しい光景ね」

アガタは誰にいうでもなく独り言つ。

ナノマシンの仕組みは未《いま》だに解明されていない。分かっているのは、ナノマシンと適合率が高い人間がアマデウス機構を動かすことができることと、ナノマシンの活性度がアニマたちの寿命とほぼイコールになっているということだけだ。

「製造番号ハ‐ゼロヨンとハ‐ゼロハチは活性度の低下が微量ですね。ロ‐ハチサンは、交換を視野に入れたほうが良いです」

アガタの隣で、ひとりの研究員がカルテを見ながらそう言った。

彼はアガタが研究所にいたときに助手として作業していた仲間だ。今ではこのセクターの責任者になっている。アガタとはある意味、気心知れた仲ともいえた。

そんな彼はアガタが無反応なのを気にして、彼女の視界の隅で指を鳴らす。

「起きてるわよ。そんなわざとらしい態度を取らないでちょうだい」

「先輩、昔は目を開けたまま寝るっていう特技があったじゃないですか。未だに使ってるのかと思って」

「二十年以上前の話をしないでほしいわね。あれは若さに物を言わしてやってた無茶よ。特技ではないわ」

「はは。もうそんなに経ちますか。驚くなぁ」

男は丸い眼鏡《めがね》を指で押し上げて、カルテをアガタに手渡した。

「それで、さっきの話。聞いてましたか?」

「ルシオラの活性が下がってるって話でしょ。分かってるわ。あの子は製造されてから二年目だから、替えの準備をしないといけないわね」

カルテの内容を見ながら、アガタは平静を装うようにして語る。

しかし、書き留めるペン先が迷いを見せていた。長くアニマと関《かか》わるほどに、情が移るのだ。研究者としては褒められることではない。

「まだアニマに名前を付けてるんですね。それ、やめたほうが良いですよ。アニマはアニマ。アマデウス機構を動かすための部品です。必要以上に入れ込まないほうが良い」

隣の同僚は最後に小さく「後が辛いですから」と本音をこぼした。力ない笑みを浮かべているのも、アガタの心情が理解できるからだろう。

決して全ての人間が消耗品としてのアニマの存在を肯定しているわけではない。造らなければならない、生み出さなければならない悲しい必需品として、アニマは造られ続けているのだ。

ガラスの向こうで検査が終わったのか、ストレッチャーが運び出され始めた。

検査の内容を確認したことを示すサインを三人分のカルテに書き込み、アガタは書類をまとめて男に手渡す。

「ルシオラの交換は半年後を予定して。他の子とのバランスもあるから、できるだけ落ち着いた性格の個体を交換品として準備してほしいわ。良さそうなアニマがいないか、施設に確認取れる？」

「分かりました。確認しておきます。滞在中に顔合わせだけでもしておきますか？」

「いいえ、次の寄港までに準備してくれればいいわ。しっかり選んでほしいから。なんたって、あのメンシス号に乗せるアニマよ。半端《はんぱ》な子じゃあ、半月と持たない」

お願いね、と男の肩を叩いてアガタは部屋を出た。

研究所は部屋の全てが白いタイルで覆われている。照明もかなり強く、目が痛いほどだ。

久々に新調した白衣が、保護色のようにアガタを建物全体に溶け込ませていく。そうでもしないと、徐々に変わりつつある自分がこの場所に居続けられないような気がしていた。

表現しがたい不満の種を胸にアガタが通路を進むと、ふと通路を横切るニルの姿を見つけた。いつもの軍服ではなく、検査用のグレー色をした患者服を身に着けた彼女が数人の男たちと共に通り過ぎていく。

「ん？」

アガタはニルの姿を眼で追いかけ、首をかしげた。

ニルはその出生からも、アニマたちとは別の検査項目が多い。アニマたちと行動を共にしないことも珍しくはない。

しかし、研究所内の配置図を頭に思い浮かべても、彼らの行く先に検査場はなかった。何か妙な予感がする。アガタは歩調を速めてニルたちの向かう先について行こうとした。

だが、ニルの後を追いかけて廊下の角に差し掛かったとき、アガタを呼び止める声があった。

「アガタ研究主任。帰ってきたか」

それは、アガタが昔から聞き慣れた野太い声だった。彼女は表情を見られないように、振り返る前に顔をしかめる。そして感情を消した無の表情で振り返った。

「トキタ研究室長。ご無沙汰しています」

「長期間の随伴調査、ご苦労様だね。あと、私は君の留守の間に部長になったんだ。一応、間違えないでくれたまえ」

「そうですか。失礼しました。トキタ部長」

軽く頭を下げたと同時に、アガタの耳から髪が流れ落ちる。髪をかき上げて顔を上げると、トキタのニタリと粘着質な笑みが目に入った。

アガタはこの男と因縁がある。かつてニルの製造研究チームのリーダーをしていたアガタは、アニマの増産計画のプロジェクトリーダーだった彼と幾度となくぶつかっていた。

研究主軸のアガタと、ビジネス色の強いトキタは根本的なところから価値観が違っている。だからこそ、数えきれないほどぶつかっては折り合いの付かない争いを繰り返してきていた。

そんな男がここにいる。そのことだけで、アガタの中にある警戒センサーが反応する。直前に見たニルの姿が頭にちらつき、余計に嫌な予感が膨らんでいく。

「ところで、部長ともあろうお方がこんなところで何をなさっているんですか？」

アガタが嫌味を込めてトキタに聞く。彼は太った腹に乗っかったネクタイを弄《いじ》りながら、咳《せき》ばらいをした。

「ニル計画の失敗作が、何故かアマデウス機構を完全起動したと聞いてね。すっかり失敗したと思っていたが、もう少し調べがいがありそうなんで見に来ているのだよ」

トキタは自慢げにそういい、矯正器具の付いた歯をあらわにする。

アガタは眉を寄せた。

ニルがアマデウス機構を完全起動させた話は報告書にも一切《いっさい》記載していないはずだ。搭乗員にも、クルスから箝口令《かんこうれい》が敷かれている内容のはず。

そんな情報を、何故この男が知っているのか。

「あなた、メンシス号に何か細工をしてる？」

「さて、どうしてそう思うのか理由を聞いてみたいが、生憎《あいにく》今は忙しい。また次の機会に聞くとしようかな」

勝ち誇ったように顎を突き上げ、トキタはアガタの隣を通り過ぎる。彼は通り過ぎてすぐに、言い忘れたことがあったと人差し指を立てて振り返った。

「世の中、大抵の隠し事はバレるようになっているんだ。下手に隠さないほうが身のためだぞ。アガタ研究主任」

第十三都市の利権で私腹を肥やした豚のような男が、のそのそと廊下を歩いて行く。彼の後姿を見て、アガタは高まる危機感に踵《きびす》を返した。

彼女が今までの人生をかけて生み出した研究の成果は数多くある。その中でも、最も愛情を込めて育て上げたのがニルだった。いわば、アガタにとってニルとは我が子にも等しい。

その我が子が危機にさらされている。直感でそう悟った彼女は、焦《あせ》る気持ちを抑えてメンシス号へ向かった。

メンシス号に徐々に仲間たちが戻り始めていた。

停船してから一週間が経つ頃、船の中には航行中と変わらないほどの活気が戻りつつあった。

あまりに暇すぎたマガミは、船内のあらゆるところを掃除し尽くしてしまい、ちらほらと戻ってきた仲間たちが綺麗になった艦内を見てドン引きするというイベントも恒例になっていた。

掃除自体は悪いことではない。

だが、何ごとも行きすぎれば毒である。

船の汚れに敏感になってしまったマガミは、ついに唯一全く手を入れられずにいた操縦室に着手することにした。

ちょうどこの日に戻ってきたアニマから、一番融通を利かしてくれそうなノクスに声をかけると、彼女は二つ返事で操縦室を開けてくれた。バケツと雑巾《ぞうきん》、箒《ほうき》にワイパーまで一式を抱えたマガミを連れて、ノクスが中を確認する。

しばらく誰も使わなかった操縦室は、埃《ほこり》のような臭いがする。全面を囲うモニターの電源が落ち、部屋の中は真っ暗だった。

入り口から差す光を頼りにノクスが操縦席に腰かけると、僅かな起動音と共に部屋の明かりが徐々に強まって全体像が浮かび上がった。

「ん」

ノクスがこれでいいか、というようなニュアンスで声を出す。もはやそれは声というよりも、動物の鳴き声に近い。

マガミは彼女へ礼を告げると操縦室の中に入った。

操縦室の中に入るのは、白クジラと遭遇したあの日以来だった。ついこの前のような気がするが、実際は数週間も前の話だ。

「こうして見ると、結構使い込まれてるな」

マガミは改めて操縦席の周りに取り付けられた機械やハンドル、全体に配置されたモニターを見渡した。どれも新品とは言いがたく、使い込まれて傷んでいる部分もあった。

そもそもアマデウス機構と呼ばれる機械類は今から数百年も昔に作られたものだ。それが未だに現役《げんえき》で使われているのであれば、多少の年季は入っていても当然である。

「掃除、全然してないから」

ノクスも久々に座った座席を確認するように足元を見まわしてそう言った。

確かに、メンシス号の最前線ともいえる操縦室を頻繁に掃除する余裕はない。こうして港に停泊しているときだからこそ、手を入れられる訳だ。

マガミは腕まくりをしてから箒を手に取る。

「なら、しっかり綺麗にしてやろう。汚れた場所じゃあ、いい仕事もできないだろ」

「そうなの？」

「外壁修繕やってた頃は、仕事場と道具はいつも綺麗にしてたぞ。やっぱり作業するときに余計なことを考えなくなるし、故障とか忘れ物とか、そんなミスが少なくなる」

マガミはかつて自分を育ててくれた親方からの受け売りをそのままノクスに話す。

思い返せば、親方から習ったことの多くが今の彼を作り出している。自分より年下のノクスと会話をする僅かな時間ですら、マガミは実感するのだった。

少しだけ感傷的な気分になったマガミだったが、気分を入れ替えるように座席に向かうステップの上を掃きだした。ひと掃きするたびに立ち上がる砂埃が、長い時間を感じさせる。

これは想像以上に汚れている。気合を入れないと、と考えていると、バケツから雑巾を取り出したノクスの姿が目に入った。

「別に掃除は俺が勝手にやるからいいぞ。検査から戻ってきたばかりで疲れてるだろ」

マガミの気遣いにノクスは首を横に振った。

「掃除、してみたい」

意外にもノクスは積極的なタイプのようだ。だが、口調からして掃除というものを経験したことがなさそうである。

手に持った薄汚れた雑巾を不思議そうに摑んでは引っ張る様子からも、それは明らかだった。

「じゃあ、手伝ってもらおうかな。ノクスは自分が使ってる座席周りを拭いてくれ。特に操縦桿《そうじゅうかん》とか、出力操作桿とか、頻繁に触るところと、逆に滅多に触らないところに汚れはついてる」

操縦席に向かって、ノクスにあれこれと掃除の指示を出す。

飲み込みが良いのか、彼女はものの数分で掃除のコツをつかんだらしい。何も言わずとも黙々と掃除を始めた。

その姿を横で眺めていると、不意に背後に気配がした。

マガミは箒を持ったまま振り返る。するとそこにはネブラの姿があった。

小さいくせに偉そうに腕組みをしてマガミを見下ろしている。いつでもその態度に変化がないのは素晴らしいことだ。ある意味、常に筋を通していて感心する。

「どうした？　ネブラも掃除するか？」

「あんたと一緒にしないで。暇じゃないのよ、あたしは」

「そうか。案外、掃除も楽しいんだけどな」

それだけで会話を切り上げ、マガミは掃き掃除を再開した。一段、二段、と掃き進めていくのだが、どうにも後頭部に刺さる視線が気になってマガミは振り返る。

「そこで見てるんだったら手伝えよ」

「嫌よ。あたしは掃除屋じゃないの。あんたが掃除しなさい」

「だったらそこに立ってないで部屋に行って休んでろって。疲れてるだろ」

「疲れてないわ。あんたみたいに貧弱じゃないの」

「……」

「……」

ああ言えばこう言うの応酬だ。マガミはもはや相手をするのも面倒になってきて、ネブラへ冷ややかな視線を送った。

彼女は気が強いというよりも、単純に寂しがり屋で構ってちゃんな性格なのである。その辺の違いに最近ようやく気が付いてきた。

マガミの冷たい視線に、居心地悪そうに視線を泳がせるネブラがしびれを切らす。

「あんたがどうしても手伝ってほしいってお願いするならやってもいい」

マガミはそれほど大きくない操縦室を見渡した。

「いや。三人もいると邪魔だから、帰っていいぞ」

「はぁ？　帰るってどこに帰るのよ！」

「自分の部屋とか、食堂とか、どっかあるだろ」

「何よ、その態度は。あたしが手伝ってあげるって言ってるのに！」

「だから邪魔になるから要らないって言ってるだろ」

「邪魔って何よ！　あたしの掃除スキル舐《な》めてるわわね」

できた。

「そういう問題じゃなく、スペース的にだな」

もはや焼け石に水。いや、飛んで火にいる夏の虫の如《ごと》く、ネブラは自ら操縦室に踏み込んできた。

そんなに一緒に掃除をしたいのか、こいつは。その執念が逆に恐ろしくなり、マガミは顔が引きつる。どこまで素直じゃないんだ、コイツ。

ぐんぐんと迫ってきた小さな猛獣は、マガミの胸に指を押し付ける。

「貸しなさいよ、箒！　あたしのほうが隅々まで綺麗にできるわ」

「お、おう」

身長が小さい分、床が近くに見えるからだろうか。勝手にそんなことを考えつつ、マガミはネブラに箒を手渡した。

ネブラは自負するだけあり、丁寧に掃除を始めた。ガサツそうに見えるがそうでもないらしい。

夢中になって前座席を拭き続けるノクスと、ステップもろもろの掃除を進めるネブラを横目に、マガミは後部座席の掃除をすることにした。

後部座席はアニマたちが座る物とは様式が異なっていた。幾つも厳つい出力装置が取り付けられており、複雑な操縦が可能になっている。メーターやレバー、スイッチが無数にあるが、それらをどのように扱っているのかは見ただけでは分からなかった。

ここは基本的にニル以外が座ることのない場所だ。彼女の聖域とも言える場所に立ったせいもあり、マガミは自然とニルのことを思い出す。

最後に彼女と会ったのは一週間も前だ。いつも強引に話しかけてくるし、自分勝手な言い分で振り回すし、あまりいい思い出はない。

だが、離れてみると不思議と寂しさのようなものを感じる自分がいた。理屈や理由があるわけではない。もしかしたら、ただ喧嘩別れをしてしまっている現状に後悔の念が湧いているだけなのかもしれない。

しかし、彼女が時折見せる困ったような上目遣いや、不満げな表情が、自然と恋しく思えてくるのは事実だった。

「何をセンチな気持ちになってるんだ。俺は」

マガミは自分で自分を笑い、作業に戻る。

なるべくスイッチ等に触れないように、マガミは座席を掃除する。座席を拭き、フットパネルのあたりに頭を突っ込んで埃を集める。

メンシス号の運命を左右する操縦桿を拭こうとしたとき、マガミはそこに残った汚れに気が付いた。金属のレバーは何度も繰り返し握ったことですり減りがあった。そこに赤黒い錆のようなものが見える。

「なんだこれ」

雑巾で拭いてみるも、汚れが落ちない。何度も重なったように染みついた汚れだ。しばらくまじまじと見つめていると、不意に隣から声がする。

「血、かも」

いつの間にか前座席の掃除を終えたノクスが隣にいた。マガミは少し驚いて身を反らしたが、それよりもノクスの発した言葉が引っかかった。

「血？　何でこんなところに血が付いてるんだ」

「握るから」

「そりゃそうだ。操縦桿だから握るだろうけど」

マガミは自分で口にしながら、状況を飲み込んでいく。

操縦桿に血が染みついている。つまり、血がにじむほど強く握りしめているということなのではないだろうか。

仲間たちの命を背負い、自分の運命をかけてメンシス号を操縦しているのだ。しかも、自分の身体への負担もある中でアニマたちのことも考えながら戦わなければいけない。

ここはまさしく彼女にとって戦場だ。弱音を吐かず、誰にも頼らず、歯を食いしばって精いっぱい強がって戦っているのだ。その闘いの先に、安息など無いと知りながら。

「そうだったのか。知らなかった」

操縦桿に手を乗せて、マガミは陸のどこかにいるニルに思いを馳せる。

停泊直後には、彼女に随分と厳しい態度をとってしまった。彼女が帰ってきたら謝ろう。そしてもっと彼女のことを知って、仲良くなれるように心がけてみよう。

マガミはそう考えつつ、不思議そうに自分を見つめるノクスに気が付いた。

「なぁ、アニマのみんなは戻ってきてるんだよな」

「うん」

ノクスが短く答えて首を縦に振る。

「ならニルはどうした。まだ帰ってきてないのか？」

「まだ」

最小の文字数で答えながら、ノクスが首を横に振った。

「あいつは別の検査もあるから、あたしたちより戻りは遅いの。でも明日には戻ってくるわよ」

ノクスの向こうで掃除を進めるネブラは下唇を突き出しながらそう言った。彼女はニルの話をするとき、いつもこんな感じだった。主役を取られているような気がするのかもしれない。

マガミはそのことを聞いて一安心する。

そうとなれば、ニルが戻ってきたときにどのように謝るのかを考えておかねば。彼女は独特のセンスがある。下手なことを言うとまた喧嘩になりかねない。

それに、彼女とはまだ話したいことがいっぱいあった。

マガミはそんなことを考えながら、じきに彼女が座るであろう操縦席を綺麗に磨き始めた。

「マガミくん、ここにいる？」

操縦室で聞こえるには珍しい声が、マガミを呼んだ。

マガミが顔を上げると操縦室の入り口にアガタの姿が見える。マガミは片手の雑巾を持ち上げて挨拶した。

「本当に綺麗好きなのね。行きすぎて呆れるくらいだわ」

本気で困っているわけではない。ただ、呆れとは少し違った表情でそう言うと、アガタはマガミに手招きをした。

「ちょっと手伝ってほしいことがあるの。いいかしら」

「掃除の後ではダメですか？　無理言って手伝ってもらってるので」

マガミがアニマの二人を気にして言う。アガタは顎に指を添えて少し考えたが、渋々首を横に振った。

「ごめんなさい。急ぎなの。二人には悪いけど、いいかしら？」

普段強引に頼みごとをしないアガタにしては珍しい。考えてみれば、操縦室にアガタが来た時点で妙な状況なのだ。

マガミはアニマの二人に頭を下げる。

「悪い。適当なところで引き上げてくれ。残りは俺がやるから」

「別にいいわよ。こんなことでもないと掃除しなかったんだし。最後まであたしらでやっちゃうわ」

ネブラの隣でノクスも「そうだ」と言わんばかりに首を縦に振っていた。マガミはもう一度二人に「悪い」と声をかけて操縦室を出た。

アガタはマガミを連れて医務室へ向かった。

医務室は内装を少し変えてあった。前回の戦闘時に幾つかの備品が破損したのか、真新しい機材が準備されていた。

だが、マガミが気になったのは新しい機材などではなかった。

部屋の中で特に目を引いたのは、大量の紙が挟まれたファイルの山だった。その山は本来、人間が休むべきベッドの上に我が物顔で山積みされている。

マガミの視線がファイルに向けられていることに気が付いて、アガタはにっこりと微笑んだ。

「アニマとニルの研究情報よ。ここでの活動と事後経過の全てを研究所に共有するのが私の仕事のひとつなの。だからこうして寄港時には全部を整理するんだけれど」

「あの、申し訳ないんですが、俺はあんまり事務整理は得意じゃないんですが、お役に立てますかね？」

マガミは前もって自己申告をしておく。するとアガタは笑って首を横に振った。

「違うわ。ごめんなさい。早とちりさせちゃったかしら。貴方に頼みたいのは、この書類の処分よ」

アガタが首を鳴らしてそう言った。

マガミは首をかしげる。大きな疑問符が頭に浮かんでいた。今さっき、この資料を研究所に共有するのが彼女の仕事だと言ったばかりだ。

なのに何故処分するのだろうか。

「すみません。処分っていうのは、このファイルが全部もう不要な情報ってことでいいんですよね」

「そうね。私にとっては不要って意味よ。他の連中がどうかは知らないわ」

腕を組んで、アガタはにっこりと微笑む。言葉と態度が西と東を向いている。事情が読めないマガミは大人しくファイルに視線を戻した。

「えっと、つまりこのファイルは研究所の人たちには知られたくない情報が入っているって認識でいいんですかね？」

何やら大人の事情というものに巻き込まれている気がして、マガミは首を縮めて言った。彼の心配をよそに、アガタは涼しい顔で頷いた。

「そういうことよ。なんだか研究所で怪しい動きをしている連中がいるみたいなのよね。だから、余計な情報は全部、消えてもらいたいの」

アガタは重要なところだけ誤魔化《ごまか》して、大人の笑みを浮かべた。

なるほど。マガミは、クルスが彼女に強気に出ない理由がなんとなく分かった気がした。人生経験に裏打ちされたしたたかさが、彼女の恐ろしいところなのだろう。

マガミは一息吐《つ》いて、目の前のファイルを見つめた。

「じゃあ、とりあえず燃やしますかね」

「ええ。盛大に燃やしてちょうだい」

アガタはそれ以降、その書類に興味を失った。ファイルの中に収められたカルテを引っ張り出しては、次々と白紙のカルテを挟んでいく。

「ほら、急いで。今日中には全部処分してほしいのよ」

「今日中ですか。急ぎですね……」

マガミは乱雑に放られるカルテやら資料やらを、その辺のコンテナに放り込み始めた。

アガタの几帳面さが窺えるカルテには、全て手書きでその日の体調や各種の数値が書き込まれていた。各個人ごとに綺麗にファイリングされている束《たば》を崩すのは心が痛む。

しかし当の本人は気にしていない様子だった。マガミは無心にファイルの紙を集めながら、思い出したように話を振る。

「この前、サエ副艦長からニルの話を聞きました。彼女の生まれというか、素性とか色々」

「あら、やっと話す気になったのね。この船の人たちは」

アガタの口にした言葉は随分と他人行儀に聞こえた。彼女にとってメンシス号は家族のような仲間、というよりはビジネスパートナーに近いのかもしれない。

少なくとも、カナヤゴやサエなどと違う気配を感じる。

それでも、マガミは続けた。

「アガタさんは、ニルとは長い付き合いなんですか？」

「そうね。彼女が生まれる前からの付き合いよ」

アガタは手際よく手元の整理をしていく片手間に軽く答えた。

やはりそうだよな、という納得感と共にマガミは山積みになったファイルに手をかける。

「ってことは、彼女を造る計画ってのはアガタさんが始めた？」

「そうなるわね」

深いため息のようにひと言で返す。アガタは思うところがあるのか、手を止めた。そして一つのファイルを明らかに意図的に手に取った。

そのファイルの背表紙には『nil《ニル》』と書かれている。シミが残り、風化し始めているそのファイルを手に、彼女はしばらくの沈黙を挟む。

「研究を始めたことに対して、後悔はないわ。世界を救う研究だと今でも信じてる。でもね、人の運命を消耗品のようにコントロールすることになるこの計画で、彼女にかけている負担には責任を感じてるのよ。だから、この船に乗ることを決めたの。あの子が死ぬときは、私も一緒だって」

先ほどまでの口調とは異なり、アガタは一言一言を重く語った。本心からの言葉、ということなのだろうか。マガミには分からない。

「なんだか、母親って感じですね。俺、母親いたことないんで分からないですけど」

アガタの言葉に対して、マガミは思った感想をそのまま口にした。

その台詞に、アガタは腰に手を当ててマガミのほうを見る。

「マガミくんも私の子供みたいなものよ。この船にいるニルやルシオラ、ネブラにノクスも。この船にいる子たちはみんな、私の息子や娘だと思ってる」

アガタは「だから、安心しなさい」と続けていった。なんだか直球に優しさを投げられると、気恥ずかしい気持ちになる。

マガミは頬を掻きながら、照れ笑いを浮かべて返した。

「早めにひとり立ちできるように努力します」

「そうね。貴方は特に、早く一人前になったほうが良いわ。大切な人を守るためにもね」

なんだか意味ありげな台詞と共に彼女はマガミへウィンクを飛ばしてきた。

大切な人、か。マガミはアガタの言葉を心の中で反芻《はんすう》しながら、自然と一人の少女の顔を思い浮かべていた。それと同時に、早く彼女に会いたいという気持ちが胸に膨らみ、マガミは慌てて首を振る。

「よしっ。じゃあ、どんどん片付けちゃいますね」

マガミは気持ちを入れ直して目の前の作業に再び取りかかった。

初めは山のようにあったファイルたちも、黙々と作業を続けるうちに十五分ほどで最後の一冊になった。

マガミが最後のファイルからカルテを引き出そうとしたとき、その中から一枚の写真が出てくる。床に落ちた写真を拾うと、意図せず写真が見えてしまった。

見る気はなかったが、目に入ったものはどこか懐かしさを感じさせるものがあった。マガミは意思と関係なく写真に目が吸い寄せられる。

その写真には複数の子供たちと、まだ若さを感じるアガタの姿が映っていた。無邪気にじゃれ合う子供たちを見つめる彼女は、母親のような優しい目をしている。

「これは？」

マガミは足下に落ちた写真を拾い上げた。その写真の中に写った子供たちを見ていると、ひとりの少女に目が留まった。

銀色の髪。赤い瞳。顔立ちは幼いが、その雰囲気は確かに見覚えがある。これは間違いなく、ニルの幼い頃の写真だ。彼女は隣に立っている髪の長い少年に寄り添って恥ずかしそうに笑っていた。

「ニル？」

そう口にした瞬間、マガミは目の前が真っ白に光った気がした。ライトを当てられたかのように白飛びする視界に、何かの影がコマ送りのように走り去る。

この写真を知っている。本能的にそう感じた。何か大切な物が、目の前を走り去って消えていく。その予感を胸にいつの間にか閉じていた瞼を開けると、アガタが写真に手を伸ばしている姿が目に映った。

「懐かしいわね。そんなところにしまってたの。すっかり忘れてたわ」

アガタは写真を手に取ると、まじまじとそれを見つめる。そして、少しの思考を挟んだ後、迷いなく写真をびりびりと破り始めた。

写真というものはなかなか手に入れることができない時代だ。何かの記念として皆大切に取って置くようなものである。いわば思い出そのもの。それを目の前で破り捨てられ、マガミは面食らった。

「うわ、もったいない。いいんですか、捨てちゃって」

アガタは紙吹雪のようになった写真をコンテナの中に放った。

「大事なのは過去の思い出より、これからの未来よ」

埃を落とすように手を払うアガタ。そう口にしていながらも、彼女の言葉には悲しさのようなものが混じっている。マガミは何となくそう感じた。

＊＊＊

翌日。

第十三都市の警備部隊を名乗る男たちがメンシス号に乗り込んできたのは早朝のことだった。男たちは搭乗員の制止を無視して艦内に入り込むと、隊長とおぼしき男が高々と令状を読み上げた。

『第十三都市人材研究開発局の命令によりメンシス号に貸与している被検体、イ・ゼロハチの回収を行う。伴い、イ・ゼロハチの所有物及び関連物の一切を回収するため乗船する。』

それは要するにニルの全てを回収する、という意味であった。

初めこそ搭乗員たちは、抵抗の意思を見せた。しかし、相手は第十三都市の行政府直轄の組織である警備部隊だ。強力な執行権を所有し、時に武力をもって制圧、実行する権限を与えられている。

数人の船員が張り倒されたところで、駆けつけたカナヤゴが抵抗するなと船員に言い付けた。それからは、なすがままされるがままだった。

揃いの制服を身に着けた男たちは、足音を響かせながらメンシス号の中を進んでいく。薄暗い通路を抜けて彼らはひとつの部屋の前で足を止めた。

そこはかつてニルが個人部屋として使っていた場所だ。扉を強引に開き、男たちは無慈悲に部屋の中の物を片付けていった。

無機質な箱へ乱雑に彼女の私物を放り込んでいく。次々と箱を運び出していく男たちの列が、続々と船を降りていった。

彼らが去った後に残されたのは、踏み荒らされ、散らかった艦内の乱雑さと、もぬけの殻となったニルの部屋だった。

「なんだよ、これ」

マガミは空っぽになったニルの部屋の前で立ち尽くす。明日には戻ってくるものとばかり思っていた。

だが今では彼女の気配すら、もうこの船には残っていない。無数の靴底の汚れで踏み荒らされた通路の上で、マガミは悔しさに奥歯を噛みしめた。

「折角綺麗にしたのに」

マガミの隣で、いつの間にか肩を並べていたノクスがそう呟いた。そしてもう一言。

「また、掃除する?」

マガミは強く握る拳を解いてノクスの頭に掌《てのひら》を乗せた。

「そうだな、バケツとモップの準備してくれるか。ニルが戻ってきたときに、すぐに使えるようにしておこう」

「うん」

ノクスは顔色一つ変えず、掃除道具を取りに倉庫へ向かっていった。

マガミは彼女の気配が消えるのを待ってから、感情を吐き出す代わりに錆色の壁へ拳を振るう。拳に伝わる衝撃が、鈍い痛みとなって腕に伝わった。骨を伝わり、頭に響く痛みで多少感情が落ち着く。

ゆっくりと壁を滴る血を眺めていると、マガミの背中に諭すような言葉がかけられた。

「自分で勝手に怪我《けが》をしないでよ」

声の主《ぬし》はルシオラだった。長い髪を靡かせて、彼女は「馬鹿《ばか》ね」とポケットから絆創膏を取り出す。

「手を出して」

彼女はマガミの手を取ると、傷の具合を確認して絆創膏を張り付ける。手慣れた様子だった。

赤いリボンマークの入った絆創膏は可愛《かわい》いが、マガミには似合わない。その絆創膏を眺めていると、ルシオラは意を汲み取ってくれる。

「ネブラもノクスもすぐに怪我するから、いつも持ってるの」

「なるほどな。ルシオラは、あの二人の姉役みたいなところあるもんな」

「そうなの。困ったものよ」

ルシオラは少し嬉しそうにはにかみ、「さて」と話題を切り替える。

「艦長がお呼びよ。艦橋に来るようにって」

「また、呼び出しか」

マガミは面倒くさそうに頭を掻いた。今回の事態にマガミが呼び出される理由がよく分からない。

だが、ルシオラを使ってまで呼び出すのだから、それなりに重要な事なのだろう。彼女に礼を言い、横を通りかかる。肩を掠《かす》めた直後、彼女が声をかけてきた。

「連中に頭にきてるのは貴方だけじゃないわ。だから、あまりイラつかないで」

「そうだよな。悪い」

「大丈夫よ」

ルシオラは優しくマガミの肩を叩いて、入れ違いにニルの部屋のほうへと歩いて行く。彼女は羽根のようにふわりと振り返り、「掃除は私たちでしておくから」と告げた。

流石、アニマの姉役だ。細かいところのフォローが行き届いている。マガミは背中越しに手を上げて礼を告げると急いで艦橋へ向かった。

艦橋には既にメンシス号の主要メンバーが勢揃いしていた。艦長のクルスはもちろん副艦長のサエ、機関長のカナヤゴ、そしてアガタだ。

マガミは遠慮気味に艦橋の隅に立つと、クルスが彼を睨みつけて再び手招きをする。俺ですか、という意味合いを含めて自分を指さすマガミ。クルスは何も言わずに頷いた。

嫌な予感しかしない。

マガミはもう少しだけ艦橋の中心によると、サエに背中を突き飛ばされて一番の中心に放り込まれた。戸惑うマガミを放置して、クルスが話題を切り出す。

「皆に集まってもらったのは、周知の通りニルがメンシス号を下船することになった件だ」

唐突にもクルスは一気に本題に入っていく。

彼はひとりひとりの顔を見ながら、最後にマガミを見つめる。

「この決定における背景と状況、今後について話をしておきたい。まずはアガタから、研究所周りの動向共有を頼む」

クルスはざっくりとした投げ方でアガタに話題を振る。彼女は白衣に手を突っ込んだまま、いつもの口調で話し始めた。

「今回の件は、直近の白クジラとの戦闘時に発生したアマデウス機構の完全起動が原因じゃないかと思っているわ。行政府は何らかの方法でアマデウス機構の完全起動を確認した。その事実からニルの能力が向上、もしくは発現したと判断して『ニル計画』の再始動を進めている。そんな流れでしょう。つまり、ニルの下船は『メンシス計画』の中止を意味しているんだけれど、問題はそこじゃない」

アガタはそこまで口にして、やはりマガミのことを気にする。この事態の中心がまるでマガミにあるかのようだった。

事情が読めないマガミ。そんな彼に救いの手が差し伸べられる。

珍しく、クルスが率先して口を開いた。

「マガミは『ニル計画』に関わる情報は知ってるのか?」

「サエ副艦長から概要くらいは」

クルスは横目でサエを見た。サエは直立不動のまま、小さく顎を引く。

彼女の仕草を見て、クルスは数秒間思考する時間を置いて再び話し始めた。

「『ニル計画』には三つのフェーズがある。第一フェーズが古代種の再生、第二フェーズで分析と解明、第三フェーズで量産、製造に入る。だが現状、第一フェーズで計画はとん挫していた。だから、『ニル計画』を再始動するのに必要な新しい古代種のサンプル確保を目的とした『メンシス計画』が発足したわけだ」

クルスは事細かく説明をした後、小さな嘆息を交えて続ける。

「しかし、『メンシス計画』自体がニルの覚醒《かくせい》によって不要になったとみなされているのが現状だ。だが実際のところ、ニルは覚醒などしていない。それはお前が良く知っているだろう?」

マガミは黙って頷き返した。

「ニルはお前と操縦室に入って初めてアマデウス機構を完全起動させている。それ以降も、他のアニマとでは通常通りの出力しか出せていない。つまり、ニルの覚醒の条件はお前と一緒に操縦をする、ということだ」

艦橋に沈黙が広がった。マガミは口を噤《つぐ》んだまま、頭の中を巡る謎《なぞ》の多い現状に思考を追いつかせていく。

自分の存在が、ニルの能力に深く関わっているという奇妙さ。そして、ここに呼ばれるほどに自分もまた特別な因子として状況を構築している可能性。

マガミは思わず、困惑に眉をひそめる。彼の様子を見つめていたクルスは、ゆっくりと頰杖《ほおづえ》を突いた。

「お前はどうしてニルが第十三都市に自分を降ろさせたくないか、理由を知りたがっていたな。その訳はここにある」

「どういう意味、ですか？」

マガミはクルスに尋ねる。彼はまだ分からないかと問いかけるような視線を向けた。

「サエ副艦長から話を聞いているだろう。第十三都市は大義名分のためならば人の命も平気で使い捨てる場所だ。ニルは身をもってその事実を知っている。だから、お前が自分と同じように被検体にされる危険性を排除したかったんだ」

「被検体って、俺は普通の機関士ですよ」

「そうかもしれん。だが計画の中に含まれていようがいまいが、ニルに関わり彼女の性能に関与すればそれは実験の一部だ。お前が被検体にされるのは当然の流れだろう」

「じゃあ、ニルはそこまで考えて俺を庇《かば》ってたってことですか」

「そうだ。一から十まで全て説明すれば、お前も納得しただろう。だが、ニルには自分の出生を語る勇気がなかったのかもしれないな。あの歳《とし》の少女に、この事実は酷だ」

クルスは抑揚なく語りながらも、目を閉じて息を吐く。

大人たちの勝手な希望のために生み出され、想像以上に大きな荷物を背負わされたニルという名の少女。彼女の重荷を想像して、マガミは拳を震わせる。

「なんだよそれ。俺はてっきり」

ニルのわがままに振り回されているだけかと思っていた。マガミは言葉にするのも間抜けに感じて、心の中で呟いた。

直接、顔を合わせて会話をしているのに、どうしてこんなにも意図が伝わらないのか。いつもどこかでボタンの掛け違いが起こっている気がする。

マガミは胸にこみ上げる感情にいったん蓋《ふた》をし、顔を上げた。

「それで、ニルはどうなるんですか?」

マガミの質問にクルスは答えない。ただ、アガタに視線を向けるだけだった。彼女は言いにくそうに口を開く。

「おそらく、彼女の覚醒によって計画は第二フェーズに入るでしょうね。ニルとアマデウス機構の接続に関して詳細な情報を集めるはず。研究の段階としては、不可逆的なものほど後になるでしょうけど」

アガタはあえて、不可逆的という言葉を選んでいる。

一度進んでは決して戻せない研究内容とはつまり、ニルの命が不要な調査という意味だ。身体を切り刻んでサンプルを調査していく。そんなところだろう。

そんなことまでやるのか、とマガミは啞然とした。

「ニルが生きてる間に助けに行こう。こんなことは間違ってる」

マガミは何の考えもなしに口走っていた。突発的で無責任な発言だったが、それについて反論する人間は誰もいなかった。メンシス号に乗り込んだ仲間たちは、誰一人としてニルを見捨てるつもりはない。

しかし、賛同する声も上がらない。マガミは妙な空気が流れていることに気が付いた。艦橋にいる船員の視線が彼に集まっている。

マガミの心の中に気まずさが湧き上がってきたとき、クルスが席から立ち上がった。そしてマガミの目の前まで歩んでくる。

彼は凄みのある顔で、マガミを見下ろした。

「お前は、本気でニルを助けたいと思っているか？」

「それって、どういう意味ですか」

首をかしげたマガミに、クルスが伝える。

「現状、ニルを回収するには方法が限られている。そこで一番可能性のある方法として、俺はお前を使おうと考えている」

「俺を使う、って」

険しい表情で見上げるマガミに、クルスは無感情に頷いた。

「行政本部に事実を伝えようと考えている。アマデウス機構の完全起動はお前とニルが二人揃うことで初めて可能だという事実をだ」

息をのんだマガミは反論をしようと口を開ける。しかし、その口が言葉を発するより早くクルスが声を荒げた。

「その上で、調査飛行という名目でメンシス号にお前たちの身柄を確保するように打診をする。メンシス号にお前たちを乗せて外に出てしまえば、後はどうにでもできる。お前たち二人に危険があるのならば、今後一切、第十三都市に寄港しないという選択肢も取れるはずだ」

本気で言っているのか。マガミは半歩後ずさり、艦橋に揃った他の大人たちを見渡した。彼らは一様に黙って頷いている。

「待ってください。それじゃあみんな困るはずだ。ここにはみんなの家族がいるんですよ」

「この船の仲間も、家族だろ」

マガミの呟きに、艦橋の隅で腕組みをしていたカナヤゴが低い声で答えた。彼は真剣な目でマガミを見つめている。

どうしてそこまでするのだ。マガミが困惑していると、彼の頭上からクルスが言葉をかけてくる。

「だが、問題はそこじゃないんだ、マガミ。一番の危険は、上の連中の判断が我々の読み通りいかなかった場合だ。事の運び次第ではお前もニルと一緒にラボ送りになる。つまり二人揃って仲良くビーカーの中で暮らすことになる可能性があるという意味だ」

再び、マガミは言葉を失った。クルスの言葉はあまりにも具体的で、その映像が頭の中に流れてしまう。

「それってつまり。ニルを助けるために俺の命を懸けろ、と言ってるわけですか？」

「そういうことだ」

クルスの返答が軽く艦橋に響いて消える。

そうか、先ほどから感じていた重苦しい空気の理由はこれだったのか。マガミは妙な納得感を覚えた。

「マガミ。お前の意思を確認したい。ニルのために、命を懸ける覚悟はあるか？」

深淵を覗くような真っ黒な瞳でクルスはマガミを見つめ続けていた。言葉だけではない。この人は、全身全霊で命を懸ける選択をマガミに迫っていた。

艦長ともなれば時に、船員たちへ死を命じる場面もある。必要な場面で必要な犠牲を選択する覚悟。いわば必要悪が彼の目の色の正体だ。

マガミは初めてそれを理解したような気がした。

背筋を冷たい汗が流れる。艦橋の気温が下がったような錯覚を覚えた。自分の命を懸けるという重みに、心が軋む気がした。

震える手を見下ろし、マガミは呆れるように笑った。

「命を懸けるときってこんなに怖いんですね」

彼の言葉に、クルスが唇を強く結ぶ。

その気配に、マガミは開いた拳を握った。

「でも、こんなときでも不思議とニルのことを思い出すんですよね。彼女もいつもこんな風に苦しかったのかなぁ、とか。だからあんなに必死だったのかなぁ、とか」

自分に言い聞かすように口にしながら、マガミは目を閉じる。瞼の裏に映るのは暗闇《くらやみ》ではない。灰化層の白銀色よりも美しい長髪を揺らしながら、上機嫌に話すニルの姿だ。

深く息を吐き出し、マガミは彼女の姿に微笑みかける。そして強い意志を胸にクルスを見上げた。

「俺、約束したんですよ。ニルが危ないときには俺が助けるって。その約束は、絶対に守るつもりです。俺は自分が正しいと思ったことをする。ニルが死ぬなんて間違ってる」

自分の命を天秤にかける恐怖で、言葉尻が僅かに震えていた。それでもマガミは自分の言った言葉を曲げる気は無かった。

マガミの返答を聞き、クルスの体から放たれていた威圧感が消えていく。肩に入った力を抜いて、クルスは無言でマガミの肩を軽く叩いた。

「サエ副艦長。コイツに合う軍服を用意しろ。すぐに行政府に出向く」

クルスはそう言うと、自らも身支度をするために艦橋の出口に向かって歩いていく。マガミは細かく鼓動を繰り返す心臓に手を当てて、強く拳を握った。

五章　～奪還～

クルスは長い渡り廊下を早足で進みながら、行政府の評議会場へ向かう。マガミは着慣れない軍服の襟《えり》を気にしながら、彼の背中を追いかけていた。

第十三都市は他の都市と比べて大きく近代化が進んでいる。建築技術はもちろんのこと、ライフラインの設備は陸に住む全《すべ》ての人に行き渡るように設計されていた。特に居住区は丘陵部分に集中しており、行政府の中枢機関もそこに集中していた。

二人がひたすら歩き続ける渡り廊下は窓こそあるものの、全て屋内の設計になっている。他の建物に移動するときも屋外を移動するということは滅多にない。それは、この都市が他の都市と比べて灰化層《はいかそう》が侵入すれば被害が拡大しやすい環境にあるからだ。

「評議会場では、お前は余計なことをしゃべるな。説明は全てこちらでする」

渡り廊下の終わりが見え始めた頃、先を進むクルスが小声で話した。廊下で話す声は、小さな言葉でも反響する。

マガミは「はい」と短く答えた。

「一応、お前の立場はメンシス号の補給人員で第六都市から搭乗したことにする。細かいところに相違が出るが、そこは上手《うま》く合わせろ」

「話すとまずいところとかってあるんですかね？」

「そうだな。ニルとお前の関係は黙っていろ。あとは」

渡り廊下から建物の中に入ったところでクルスは言葉を区切る。

そこは白を基調とした研究所の雰囲気から一転して、木目調の洋館風な玄関ホールが広がっていた。古びたフローリングの床に、ベージュの壁は漆喰《しっくい》か何かだろうか。余計な飾りは一切なく、一階と二階が吹き抜けになっている。

マガミは天井《てんじょう》の窓から差し込む日差しの柱を見上げた。数人の職員が中央の階段を上り下りしながら、軍服姿の二人を訝《いぶか》しげに見ている。

クルスは制服の襟に触れてから振り返った。

「あとは、なるべく隙を見せるな。連中は政治の世界を渡り歩いてきた百戦錬磨の猛者《もさ》だ」

彼の口にする言葉は、マガミに向けたものでもあり、自分自身に向けたものでもある気がした。マガミは黙って首を縦に振る。

ここから先は、マガミの立ち入ったことのない世界だ。頼りになるのはクルスひとりであり、味方は他にいない。おそらくクルス自身も、緊張している。これから他人の命を使った賭《か》け事をするのだから。

クルスは一度だけこぶしを強く握り、二階へ進んでいった。

評議会の会場は二階の中ホールと呼ばれる場所にあった。威厳と見栄ばかりで作られたようなものではなく、凡庸な扉の前でクルスは足を止める。再度身だしなみを確認して、彼はマガミに視線を送った。マガミも慌てて自分の服装を確認する。

「袖《そで》が曲がってる」

クルスの指摘でマガミは自分の袖を見た。確かに折れ曲がっていた。指先で直していると、背中を強く叩《たた》かれる。驚いて視線を上げると、不敵な笑みを浮かべるクルスの顔があった。

「安心しろ。ここから先は俺《おれ》たち大人の領分だ。万が一のときは、どんな手を使っても助けてやる」

クルスはそう言うと帽子を脱いでドアに手を伸ばした。二度、軽くノックをする。返事が聞こえる前にドアノブに手を触れて、僅《わず》かに扉を開いた。

「メンシス号艦長、クルスです。入室します」

クルスのはきはきとした声の後、すぐに「入りなさい」と低い声が聞こえる。クルスは最後にマガミへアイコンタクトを送った。行くぞ、というメッセージがこもっていた。

扉を通り抜けた先には、決して広いとは言えない会議室があった。部屋には十人ほどの役員がテーブルを並べて椅子《いす》に腰かけている。軍服を着ている人間もいれば、白衣姿の者もいた。第十三都市の各部署からそれぞれ代表が揃《そろ》っているような印象だ。

クルスは並べられたテーブルの中央に立つと、強く踵《かかと》を打ち付けるようにして足を揃える。

そして右手で敬礼をした。マガミもそれにならって敬礼をする。

「忙しいところすまないね。クルス艦長」

「いえ。職務ですので」

「まぁ楽にしてくれたまえ」

テーブルの中央に座る襟付きのスーツを着込んだ男がクルスに微笑みかけて言った。

おそらく議長と思われるその男は、表情だけは確かに微笑んでいるように見える。だが、目の奥にある感情は全くといってよいほどの無色だった。

クルスは右手を下ろして、足を肩幅に広げると直立不動のまま止まった。

「それで、早速だがね。君のほうから報告があると聞いたんだが、内容を確認させてもらってもいいかね」

「被検体イ‐ゼロハチに関してです」

クルスははっきりと言い切り、テーブルの右端に座る男へ視線を向けた。やや小太りなその男は、イ‐ゼロハチという言葉を聞いて跳ねるように顔を上げた。

議長の男が、続けなさいと手を差し出してクルスの話を促した。クルスは言葉を選びながら、じっくりと話し始める。

「今回、メンシス号にて被検体イ‐ゼロハチの試験運用を行っていましたが、そこでアマデウス機構の完全起動が確認されました。ですが、被検体イ‐ゼロハチがアマデウス機構の完全起動を行うためには一定の条件があります」

「ほう。その条件とは」

議長の言葉が僅かな沈黙を部屋に作る。クルスはあえて間をおいて、マガミの肩に手を置いた。

「アニマの代わりに彼が同乗することです」

評議会の一同がそれぞれ表情や仕草は違うものの、皆が懐疑的な感情を見せた。眉《まゆ》をひそめる者、首をかしげる者、隣の者と顔を見合わせる者。クルスの発した言葉の意味が行き渡るまでにしばらく時間がかかった。

小さな混乱の渦から最初に声を上げたのは議長だった。彼は、先ほどクルスが視線を送った小太りな男を見る。

「これは、事実かね？　トキタ研究部長」

「事実確認はこれからですが、実際のところイ‐ゼロハチは調査データと同様の出力を出せているわけではありません。何か能力制限を解除する鍵《かぎ》があるのではと考えていましたが、それが一般の搭乗員だとは到底思えない話で」

評議会のメンバーで最も疑念のこもった目を向けてくるトキタに、クルスが真正面から受け答えをする。

「自分は嘘《うそ》偽りを述べていません。もし、信用に足らないようであれば、一度メンシス号へ被検体イ‐ゼロハチを再配置していただければ、結果をご覧いただけるかと」

「それならば話は逆だ。被検体イ‐ゼロハチはラボで調査中でまだ調整に時間がかかる。むしろ、そこにいる彼をこちらに渡してくれたほうが話が早い」

「彼はメンシス号の貴重かつ優秀な搭乗員です。皆様方もご存じの通り、メンシス号は少数精鋭の特別部隊です。ただでさえ、被検体イ‐ゼロハチの抜ける穴を埋めなければならない現状で、これ以上の欠員は致命的です。艦長として承諾できない相談です」

クルスのはっきりとした口調に押し切られる形でトキタは口を閉じた。まだ何かを言いたげに唇を震わせているところへ、とどめとばかりにクルスが続ける。

「何より、引き続き被検体イ‐ゼロハチをメンシス号に搭乗させたほうが、『ニル計画』と『メンシス計画』の同時進行を可能にします。それはトキタ研究部長にとっても、この第十三都市にとっても一番良い選択だと考えますが、いかがでしょうか？」

まるで評議会の一同へ見せつけるような表現で、クルスは言葉を締めくくる。

席に着く皆の表情を見渡し、議長が浅い吐息をついた。

「君の言い分は分かった。確かにその通りかもしれないが、ひとつだけ合点がいかない。なぜ、君はその情報を今まで伏せていた？　メンシス号の艦長としての報告義務を怠っていた理由を聞きたい」

マガミには、議長が口を開いたときから目の光が変わったように見えた。議長も決してクルスの肩を持つつもりはない。むしろ、クルスをどうにか追い詰めようとしている気配を感じる。

マガミは祈るような気持でクルスの背中を見た。

「理由は二つです。先ほど述べた通り、彼は大切な搭乗員です。欠員を避けたかった、という点が一つ。そして二つ目は、彼は一般の搭乗員でアニマではないという点です。研究の被検体として回収されることを回避したかった、ということです」

「それは君の感情的な判断のようにも思えるが、どうかな」

議長が優しく尋ねてくる。しかしその言葉はクルスを試しているものだ。クルスは、すぐさま答える。

「艦長として、任務遂行のために搭乗員へ死を命令することもあります。来るべきそのときのために、優秀な人材を手元に確保しておくことも艦長の務めと考えます」

「研究の被検体として死を命じることは、君の任務外だという判断かね?」

「私の任務は、白クジラ操縦士の確保です。人体実験の素体を研究所へ提供することではありません」

「確かに、そうかもしれんな」

議長はこれ以上の問い詰めは意味をなさないと判断したのか、トキタに話を向ける。

「トキタ研究部長。君の考えを聞きたい」

話を振られたトキタは、額の汗をハンカチで拭《ぬぐ》いながら手元の資料をめくった。

「現在、被検体イ‐ゼロハチは投薬実験の最中ですので、すぐに再配備というのは現実的な判断ではありません。そもそも、『メンシス計画』はあくまで『ニル計画』の代案であって、被検体イ‐ゼロハチが完全起動の実績を残した今となってはただのリスクです。私個人の考えでは、そこにいる搭乗員を我々に引き渡してもらい、引き続き『ニル計画』を推し進めるほうが妥当かと」

「ふむ」

議長は顎《あご》に手を当てると、しばらく考え込むようなそぶりをする。そして窺《うかが》うような目つきでマガミを見た。品定めをするかのような、嫌な目つきだ。マガミは反射的に鋭い視線を返していた。

「個人の意見で物事を決めるのはいかがなものかと思うのでな。ここは採決を行うこととしよう。『メンシス計画』の推進優先か、『ニル計画』の推進優先か。挙手をお願いしよう」

議長は芝居がかった口調でそう言い、「まずは『メンシス計画』推進優先を支持する者は挙手を」と評議会メンバーに問いかけた。二人の評議会員が手を上げる。その少なさを見て、トキタはあからさまに胸を撫《な》で下ろしていた。

「では、『ニル計画』の」

議長がそこまで口にしたとき、部屋の外から慌ただしい足音が近づいて来た。足音からして一人ではない。そしてノックもなく扉が開かれた。

飛び込んできたのは警備部隊の制服を着た男たちだった。彼らは、部屋の中を見渡して、評議会員の一席に座る軍服姿の男に駆け寄る。

不躾《ぶしつけ》な来訪者に議長の表情が曇ったが、彼らはそれを気にしている余裕もない様子だった。慌てた様子で耳打ちをすると、上官である男が目を見開いた。

「何だと?」

事実を受け入れられないのか、驚きと困惑の表情を浮かべる。緊急事態が発生していることは誰《だれ》の目にも明らかだった。

「何かあったのかね?」

その場を落ち着ける、というよりはここは自分の領域だと主張するように議長が口を開く。

軍服の男はやや言い淀みながら言った。

「クジラが第十三都市を包囲しています。一団の長と見られる白クジラが我々の使用する光信号で、黒い飛行艇の操縦士を渡すように要求を。これを断れば、この都市を灰化層へ沈めると」

「操縦士だと?」

誰かが、語気を強めて口にした。

だが、その言葉が意味するものを皆が理解するのにそう時間はかからなかった。

第十三都市にある飛行艇は限られている。その中でも、黒い飛行艇などメンシス号以外ない。

その船の操縦士とは、ニルのことだ。

状況を理解したクルスが前のめりに議長へ一歩を踏み出した。

「議長、被検体イ‐ゼロハチをメンシス号に再配置してください。ここの警備部隊の防衛兵装は対飛行都市専用に特化しています。クジラ相手では対応しきれない。現状、彼らを撃退できるのはメンシス号のみです」

クルスの懸命な主張もむなしく、議長は軍服の男を手招きする。

「被検体イ‐ゼロハチは引き続き研究所で実験を続ける。警備部隊はクジラの撃退の対応を進めなさい」

「今すぐに。失礼します」

命令を聞き、軍服の男は席を立った。クルスとは顔見知りらしい。彼はクルスの肩を叩くと部下の男たちを引き連れて部屋の外へ出ていった。

クルスは訴えるような視線を議長へ向ける。

議長は涼しい顔をしたまま、椅子を回転させて小さな窓の外へ顔を向けた。灰化層の見える窓の外では、いつもと変わらない平穏な景色が見える。

ひとつ違うのは、灰化層の境界面に時折見える黒いクジラの機影だった。目を凝らせば見えるその機影を、議長は眺めているのだろうか。

もしかしたら、彼の老いた眼には灰化層の白銀以外は何も見えていないのかもしれない。

「メンシス号の任務を解く。別の命令が下るまで、待機していたまえ」

議長はそう言った後、話は終わりだとばかりにクルスたちに退室するように仕草をした。

クルスは信じられないと、目を見開くも何も言い返すことはなかった。退出の作法を一通りこなしてマガミを連れて部屋を後にする。

廊下に出てから、扉が閉まるまでクルスは無言を貫いていた。腹の底に言いようのない感情を燃やしているのは隣にいるマガミにも伝わってくる。

しかし、決して感情的にならないのは大人としての体面だろうか。マガミを連れたまま、階段を下りて渡り廊下に出たところでクルスはやっと口を開いた。

「マガミ。今から言う話をよく聞け」

「はい」

「俺は今からメンシス号に戻ってクジラどもの撃退に行く」

「待機命令出てましたけど、大丈夫ですか？」

「あんな爺さんの言ってることを聞いてたら、この都市は崩壊する。ここには仲間の家族も大勢暮らしているんだ。いけ好かない都市だとしても、守らなければならない」

足早に歩を進めていたクルスが急に足を止めて振り返る。マガミは反応が間に合わずにクルスの身体にぶつかってしまう。まるで岩のように重く動じない身体だった。

跳ね返るように後退《ずさ》りをしたマガミはクルスを見上げる。彼は闇《やみ》を覗《のぞ》き込んだような黒い瞳《ひとみ》をしていた。

ただ、いつもと違うのは、その瞳の奥に燃えるような感情が見えたことだった。

「そのためにも、お前とニルが必要だ」

「でもニルは」

マガミの口をふさぐように、クルスは無言で腰の短剣を差し出した。

その短剣には見覚えがある。マガミが拉致された日にニルが使っていたものだった。それを差し出すということが何を意味するのか、マガミはすぐに理解した。

「ニルを力ずくで連れてこい、と言いたいんですね」

「そうだ。幸い、第十三都市は眼前のクジラに夢中だ。混乱に乗じてニルを確保しろ」

「無茶苦茶だな」

マガミは誰に言う訳でもなく呟《つぶや》いた。何の計画もない考えだ。とても責任のある大人の考えとは思えない。それでもマガミの手は自然と短剣に伸びていた。

自分の正しいと思ったことを実行する。後先は考えない。その場で臨機応変にこなす。ただそれだけだ。

クルスの短剣を腰に取り付けるマガミ。クルスは彼の肩を摑《つか》んで廊下の窓を指さす。曇った硝子《がらす》の向こうには丘に沿って高く建築された研究所が見えた。

「いいか、ニルは研究所の最上階付近にいるはずだ。ここにある試験用のアマデウス機構はあそこにしかない。警備は手薄だが、残っている連中もいるはずだ。なるべく戦闘は回避しながらニルを見つけろ。ニルを確保したら、さらに上に向かう。研究所の最上階にはヘリポートがある。出入り口のすぐ横に緊急時に使用する照明弾が備えてあるはずだ。到着したらそれでメンシス号へ合図しろ」

「そこからはどうしたら？」

「その場の状況による。上手く合わせろ」

間近で視線を交叉させ、マガミは苦笑いを浮かべた。

「そういうの嫌いじゃないですよ」

「一応はお前の技量を加味しての提案をしているつもりだ」

マガミたちの秘密の相談をかき消すように都市全体に警報が鳴り始めた。一気に都市全体の雰囲気が騒がしくなるのを感じる。渡り廊下にも、複数の職員がなだれ込んできた。万が一に備えてシェルターへ避難を始めているのだ。

マガミたちは人の流れに沿いながら渡り廊下を抜け、研究所の本館に入った。隣り合うクルスを見上げて、マガミは聞く。

「ところで、最上階付近ってのはいいんですけど、詳しい場所は行けば分かるもんですか」

「大丈夫だ」

「地図があるとか？」

「ここは観光地じゃないんだぞ。地図なんてない」

「じゃあ、どうして大丈夫なんですか」

「行けば分かる。自分を信じろ」

クルスは訳の分からないことを言い、最後にマガミの背中を押した。

よろけるようにして人の波から外れたマガミは、研究所に続く非常階段の入り口でつんのめった。職員たちの中へ消えていくクルスを眺めながら、マガミは腰の短剣を握る。

クルスが何を言いたかったのかを考えても仕方がなさそうだ。マガミは非常口の重たい扉を開いて中に入る。

そこは上下に開けた巨大な空間が広がっていた。正方形の形状をしており、壁に沿うようにひたすらに階段が続く。中央の吹き抜けから見上げると、天井は果てしなく遠くに見えていた。

「ここを上がれってか？」

マガミは恨めしげに呟き、金属製の階段を駆け上がり始めた。

シンプルな構造で組まれた階段のステップを上がるたびに、空洞の縦穴に足音がこだまする。

フロアの番号が刻まれた壁を何度も通り過ぎて行くうちにマガミの呼吸も乱れていった。

乳酸の溜《た》まった脚が思うように動かなくなり、視界が霞《かす》む。酸欠だ。

ステップの途中で歩調を緩め、マガミは壁にもたれかかる。呼吸を整えるように深く息を吸い込もうと顔を上げたとき、目の前に見えた光景が妙に頭の中で引っかかった。

薄明るい蛍光灯。十二と書かれた数字。すっかり塗装が剝《は》げて時間の経過を感じさせるその表記を見たとき、マガミは頭痛を覚えた。

「なんだ？」

眉間に指を当て、瞼《まぶた》を閉じる。

刹那《せつな》、瞼の裏の暗闇《くらやみ》に光が駆けた。猛烈な速度で通過した光が、頭の一番奥深いところで爆《は》ぜる。目眩《めまい》に似た感覚を覚え、マガミは階段を見上げた。

視線の先には最上階であろう天井が見えていた。随分と上がってきたが、目的のフロアは分からないままだ。

だが、マガミには不思議と理由のない確信が芽生えていた。十二階という数字と景色が、あまりにもしっくりとくる。

間違いなく、ここに彼女がいる。

マガミは十二階の扉へ手を伸ばした。

鉄製の冷たいドアノブを押すと、急に外の冷たい風が汗ばんだ頰《ほお》に触れる。扉の先の十二階は、第十三都市にしては珍しく野外と直接つながった構造をしていた。

扉を出た先は中庭を取り囲む廊下につながっている。天井は高く、シンプルな装飾が施された柱が等間隔に並んでいた。研究所の無機質な雰囲気から一転し、温かみのある空間が広がっている。

「ここは？」

マガミはこの階層を見渡しながら、不思議な気分に襲われる。

例えるのであれば、デジャヴのような感覚だ。直接日差しを浴びる中庭の明るさや温《ぬく》もり、渡り廊下を走る足音の反響音、それぞれ部屋につながる扉の重さや、部屋の匂《にお》いすら分かる気がする。

「俺は、ここを知っている」

マガミは何かに導かれるように中庭に歩み出た。

低木ばかりが目立つ中庭は綺麗《きれい》に手入れされている。その中央付近にある一本の木を目にして、マガミは息を止めた。

決して珍しい品種や見た目ではない木だ。それでもマガミは不思議と目が離せない。

木陰に入ると、煮えるような身体の熱がすっと引いていく気がした。代わりに身体を埋め尽くすのは、匂いだ。

土の香り、消毒液の匂い、饐《す》えた煙草の香り。瞬きをするたびに、マガミの目の前に断片的な映像が流れる。その都度、電流のような痛みが頭を走った。

「クソ」

止めどなく繰り返される映像に、マガミは目眩に襲われた。思わずふらついて片膝《ひざ》を突いた先で、彼の右手が地面に触れる。

　この感触も覚えがあった。地面の湿り気、木の幹の乾いた感触、夜露に濡《ぬ》れた草葉の冷たさ。あまりにも鮮明に思い出される情報たちにマガミは困惑するしかない。

　もはや目を開けていられなくなったマガミは、瞼を閉じてその場にうずくまった。見覚えのない膨大な光景が次々に頭の中を駆け巡り、重なり合う人々の声に耳鳴りがした。

　瞬く間に上下左右の感覚もなくなり、マガミは地面に突っ伏しそうになる。徐々に呼吸が浅くなり、水の中に沈んでいくような苦しさがマガミを押しつぶす。

　さっきから頭を駆け巡り、騒ぎ立てるものの正体は記憶だ。どの映像も音も、他人のものとは思えない郷愁と空しさを覚えさせるのだ。

　だが、何故《なぜ》か身体がそれを拒絶しようとしている。

　意識の断絶が鼻先に迫り、マガミの意識が薄らぐ。

　そのとき、マガミの右手に誰かの手が触れたような気がした。

『痛いときは、冷やすと良いんだって』

　それは実に幼い声だった。マガミは驚きと共に目を見開く。

　木陰の下には、ひとりの少女が座っていた。七、八歳ほどの幼い彼女は、長い白髪の下から真《ま》っ赤《か》な瞳をマガミへ向けている。

　誰だ。と心の中で呟いた直後、彼は思い至る。

　自分はこの少女を知っている。

直近の記憶を遡《さかのぼ》ると、すぐに彼女の正体にたどり着いた。アガタの持っていたあの写真に写っていた少女だ。

だが、確かあれはニルだと言っていた。

では、目の前の少女は誰なのか。困惑するマガミに少女はあどけない笑顔で続ける。

『どこか痛いんでしょ？』

「いや、痛くはないんだけど」

マガミは身体を探るように触れて、首をかしげた。直前まで自分を襲っていた不可解な痛みや苦しさが、見る影もないほど霧散している。完全な健康状態に身体は戻っていた。

『でも、なんだか辛《つら》そうだよ？』

不思議そうに自分の手を見下ろすマガミへ、少女は声をひそめる。幼いながらも、彼女の動きで自分を心配してくれている感情が伝わった。

「ありがとう。大丈夫みたいだ」

『良かった』

そう言うと、少女は満面の笑みで答える。

彼女の笑顔は、本当に眩しく息をのむほど美しい。この世界の全ての絶景に匹敵《ひってき》するようなその表情に、マガミはより深い記憶の底で彼女のことを思い出していた。

自分はこの少女を知っていた。

あの写真を見るよりもずっと前から。この笑顔を守りたいと、いつも傍《そば》にいたいと思った記憶があるのだ。

この感情は一体どこで、いつ、誰と共有したのか。

答えは当然、この場所にある。

「そうだ。ここにいた。俺も、君も」

頭の奥底で爆ぜて散り散りになった光が、音を立てて集まっていく。それが、記憶が戻るというのであればそうなのだろう。

無数の感情が肺を押しつぶしそうなほど胸に湧《わ》き上がり、マガミは服の上から胸元《むなもと》を握りしめた。

涙がこぼれるような、胸に穴が開いてしまうような、甘くも酸っぱく、夏の夜に降った雨のような感情。

目の前で相変わらず心配げに見上げてくる彼女の姿を前に、マガミは地面に顔を埋めた感触で意識を覚醒《かくせい》させた。

何分、何秒意識を失っていたのか分からない。だが、周囲に鳴り響く警報音と、手に感じる火照《ほて》った熱の感触でそれほど長い時間ではなかったと確信できる。

空の手を見下ろし、マガミは握りしめる。何もないはずの掌《てのひら》の中に、大切なものを取り戻したような気がして、マガミは拳《こぶし》を額に押しつけた。

「やっと全部、思い出したよ。ニル」

虚空《こくう》に呟く声が、マガミの身体に響く。

奥歯を嚙《か》みしめ、彼は今までのニルの姿を思い浮かべた。

頑固でわがままで、意地っ張りで人の気持ちを知りもしない。全部の責任を背負い込み、不器用にも必死に生きて、それでも絶望的な未来に希望を見いだせないまま、誰の手助けも借りようとしない孤高の少女。

彼女の隣に立つのは、彼女をよく知るだけでは足りない。彼女と共に長く過ごすだけでも足りない。彼女と同じ世界に居た者でなければならなかったのだ。

そして、その人間はここにいる。

マガミが何もかもを忘れ去っていても、彼女は彼を覚えていた。どんなに苦しいときも、どんなに悲しいときも、彼を忘れることはなかったに違いない。

だから第六都市で再会したあの日。彼女はたった一目で気が付いたのだ。

彼女にとって、たったひとりの運命共同体を。

失ったと思っていた自らの半身を。

「俺は、とんだ馬鹿《ばか》野郎だ」

泥だらけの面で空を見上げ、マガミは熱くなる目頭を指で押さえる。自分なんぞがこんなところで泣いて良いはずがない。泣いて良いのは、ずっと孤独の夜に彷徨《さまよ》っていた彼女だけだ。

マガミは大きく息を吐き出すと、肩の力を抜いた。さきほどまで目の前に座っていた少女の姿はもう無い。あれは幻だった。

だが、あの幻が導いてくれた。もう迷いはない。ここがどこなのかもよく知っている。ニルがどこに居るのかも、見当が付く。

マガミは汚れた膝を立てて、腰を浮かせた。

かつてないほど、覚悟の決まった足取りでマガミは長い廊下をまっすぐに進む。その先には試験を行った後に子供たちを寝かせる休憩室があったはずだ。

まるで昨日の事かのように思い出していく施設内図に導かれ、廊下の角でマガミは足を止めた。

目的の部屋の前に人の気配がしたからだ。

マガミは壁に寄りかかりながら廊下の先を覗き込んだ。第十三都市の外縁を見渡せるような開放的な廊下に数人の男たちが見える。

彼らの会話が聞こえ、マガミは耳を澄ませた。

「ここでは万が一のことがある。被検体を地下の安全な場所に移せ。全く、世話の焼けるガキだ」

聞き覚えのある声が聞こえたと思うと、部屋の中からひとりの男が現れた。確か、トキタと呼ばれていたあの男だった。彼が部屋から出てくると同時に、廊下へストレッチャーが押し出されてくる。

　ストレッチャーの上には誰かが横たわっていた。灰色の患者服を着たその人物が徐々に足元から腕、肩と姿を現していく。その肌色や髪の色はマガミにとってよく見慣れたものだった。

「ニル……」

　マガミは思わず彼女の名前を口にしていた。

　ただ、彼女は明らかに普通の状態ではなかった。力なく開いた口元、青白い血管の走った頬、虚《うつ》ろな瞳。

　生きているのかすら怪しいその表情を見た瞬間、マガミは自分の感情が沸点に到達したのを感じた。心臓の鼓動が高まり、頭に流れる血液が急速に温度を上げていく。

　一切の迷いなく腰から短剣を引き抜いて、マガミは廊下に姿を現した。怒りという感情が身体を包んでいたが、不思議と思考は冷静で冴《さ》えている。

　吸い込む空気の冷たさが肺に行き渡っていく感覚を噛みしめながら、マガミはニルを取り囲む男たちに視線を合わせた。

　マガミに最初に気が付いたのはストレッチャーを押していた研究員だった。

　彼の視線がマガミに向いたことで他の男たちも、順番に顔を向けてくる。最後にトキタがマガミを見てから首をかしげた。

「どうしてお前がここにいるんだ。クルスの指図か？」

トキタの言葉でその場にいる誰もが、マガミを招かれざる者だと認識した様子だ。

彼の両脇《わき》を守っていた男たちはどこからともなく警棒を取り出す。身体つきからして警護役に違いない。他の数人は研究所の人間らしく、怯《おび》えて後ずさりをしていた。

「ニルを返してもらいに来た」

マガミは自分でも驚くほど低い声で彼らに伝える。その表情は、きっと彼が思っているよりもずっと冷酷で決意に満ちていたのだろう。警護役の男たちの目つきが変わった。

だがひとり、傲慢と嘲《あざけ》りの色を濃くさせたままトキタが顎を上げた。

「返すも何も、元々これは我々の所有物だ。煮るも焼くも我々の自由だよ。何も知らないガキが、勝手なことを言うな！」

トキタは全ての鬱憤《うっぷん》を吐き出すように怒鳴ると、ストレッチャーの上のニルを小突いた。なんの抵抗もなく彼女の頭が大きく揺れる。

それを見たマガミは腹の底に怒りの熱さとは別の、冷たく恐ろしい感情を覚えた。

人を物のように扱う彼らの姿勢が、かつてのニルに重なる。そしてそんな悲しい言動を彼女に強要させた原因が目の前の男だと知り、明確な殺意が芽生えた。

だが、最優先はニルを助けることだ。

マガミは一度目を閉じ、大きく息を吸うと唇を舐《な》める。握った短剣の柄の感触を確かめながら、マガミはゆっくりと駆け出した。

滑らかな動き出しに相手は身構える。マガミはあえて分かり易く短剣の刃をチラつかせていた。相手は当然刃物を警戒するだろう。

しかし、実際のところマガミは刃物を使った戦闘など経験したことがない。喧嘩《けんか》はいつも己《おのれ》の拳が頼りだ。

人数の有利を減らすためにマガミは距離を詰めたところで大きく腕を振った。握っていた短剣が直線的な動きで二人の警護の間に飛んでいく。

初めから狙《ねら》いはトキタだ。警護の一人が身を挺して軌道に割り込むと、顔の近くに迫った短剣を素早く叩き落とす。地面に落ちた短剣を見下ろした警護は、奇妙な装置が作動していることには気が付いていない様子だった。

短剣をはじく直前に短剣から放たれていた音波が、警護の耳管を揺らしていた。効果はてきめんとはいかない。しかし、今はそれで十分だ。

僅かに足元がおぼつかなくなった一人目にマガミは迫った。

訓練されているであろう男だったが、振るった警棒は思ったような軌道を描けない。

マガミは身を低くして躱《かわ》すと足を払う。横倒しに倒れた警護の男を踏みつけて無力化すると、残りひとりに視線を向けた。

相手はトキタの安全を確保する方向に動いていた。警護としては正解だ。

マガミは脱兎《だっと》のごとく飛び跳ねてストレッチャーに手をかける。ありがたいことにニルの身体は固定されていなかった。

そのままの勢いで彼女を掴むと、一気に戦線離脱に入る。長期戦になれば訓練を積んでいる相手のほうが有利だと分かっている。

死体のように動かないニルを抱きかかえて、マガミは走った。

「あのガキを逃がすな！」

背後でトキタの怒鳴る声が聞こえてくる。それと同時に、耳元を突き抜ける風切り音が聞こえた。

背後でトキタが拳銃を抜いている。黒色火薬の生産が限られているこの時代に珍しい代物だ。何度か壁や窓が爆ぜるも、マガミはどうにか射線から逃れた。

いくら線の細いニルだからといっても、人ひとりを抱えて走るのは楽ではない。重力に負けて動きの鈍る脚を叱咤《しった》し、マガミは口から血が出るほどに強く奥歯を噛みしめる。

既に走り続けの喉《のど》からは鉄の味がした。肺は焼けるように熱くなり、視界は酸欠でぼやけている。

それでもマガミは走る速度を弱めなかった。背後からは誰かが追いかけてくる気配がしている。軍人でもない自分が他の人間より秀でているのは、体力と気合だけだ。

ここまで上ってきた階段へ飛び込んで、扉を内側から施錠する。マガミはそこで息を整えて、ニルの様子を確認した。

身体に怪我《けが》や傷はない。ただ、意識は朦朧としている。弱々しいが僅かに動いている胸元だけが彼女の無事を告げていた。

「良かった。まだ生きてるよな」

ニルの顔を覗き込むと、気のせいかもしれないが彼女の視点がマガミに合った気がする。

マガミは堪《こら》えきれず、その場で彼女をそっと抱きしめた。全く動かない彼女の身体はずいぶんと冷え切っている。それはまるで彼女の心のように思え、マガミは唇を噛みしめる。

感傷に浸る耳に、複数人の足音が聞こえて彼は我に返った。まだニルを助けたわけではない。ここから逃げ出すまでは、終わったわけではないのだ。

階段の上を見上げて、マガミは大きく息を吸い込む。

「よし、行くぞ」

自分へ言い聞かせて頰を強くはたくと、マガミは再びニルを抱き上げた。もう身体は鉛のように重い。それでも鉄の意志が彼の身体を突き動かしている。

最上階まで駆け上がり、マガミはクルスの語っていたヘリポートへ出る。そこは四方全てが開けた空の上だった。

灰化層の海の上では数機のクジラが飛び跳ねている。クジラの間を縫うようにして走り抜けている一機の小さな影はメンシス号だろう。多勢に無勢の中でどうにか戦っているらしい。

「上だ！　上に行ったぞ！」

追手の声が階段の下から聞こえてくる。マガミは照明弾が装填《そうてん》されたフレアガンを壁から取ると腰に押し込んだ。

今ここで照明弾を打ち上げても、メンシス号が回収に来る前に捕まってしまう。自分一人ならともかく意識のないニルを抱えて逃げ切れる自信はなかった。

マガミはヘリポートを見渡す。開けた離発着場にはいくつかの木箱に紛れて貨物運搬用の小型飛行艇が数機並んでいた。

祈るような心持ちでマガミは小型飛行艇に近づく。それぞれ綺麗に整列し、しばらく使われていた形跡はない。燃料計を確認していくと、ほぼゼロのものばかりだった。

「几帳面に燃料抜きしやがって！」

しっかりと仕事をした整備士たちへ恨み言を呟き、マガミは一番隅の飛行艇にニルを乗せた。

「悪い。少し待っててくれ」

頭がぶつからないように優しく座席に座らせてから、機体の燃料口を開いた。床に寝そべり、給油弁を見つけて取り付ける。小型飛行艇の給油に時間はそれほどかからないはずだ。

しかし、追手はすぐそこまで迫っていた。階段から数人の追手が駆けつけてきた気配がする。

マガミは息を殺して彼らの行動に耳を澄ました。

「探せ！　ここにいるはずだ！」

何人かがヘリポートへと上ってくる。給油弁を開いたまま、マガミはニルの乗った飛行艇に乗り込んだ。気配を隠しながら、燃料計の針が動いて行くのを見つめる。できれば満タンまで入れたかったがそうもいっていられない。

限界まで近づいてくる人の気配を読み、マガミは飛行艇のエンジンを始動させる。

蒼天の空に、軽快なエンジン音が響いた。操縦桿《そうじゅうかん》を握り、強引《ごういん》に小型飛行艇を発進させる。追手の男たちが駆け寄ってきて手を伸ばしたが、ほんの数センチ届かなかった。

舞い上がる小型飛行艇が給油管を引きちぎり、灰化層によく似た白濁《はくだくしょく》色の液体をあたりにまき散らしていく。

気味の悪い浮遊感と共に空に飛び上がった小型飛行艇だったが、補給できた燃料が少なすぎた。しかも小型飛行艇に慣れていないマガミの操縦だ。長くは飛ばすことはできない。

どうにか操縦桿を操《あやつ》りながら、マガミは飛び去って行く景色の中でメンシス号を探す。辛うじて視認できたメンシス号はまだ遠く離れていた。

マガミは決して飛行艇に詳しい人間ではない。それでも燃料計の揺れる針が指し示す継続飛行距離は多くないと分かっている。

「ちょっと無茶するけど堪えてくれよ」

機体を左右に揺らすたびに身体を揺らすニルを抱え直し、マガミは操縦桿を強く握った。彼は操縦桿を今までに経験したことがないほど傾けて、強引に加速する。

小さな飛行艇は上昇から下降に軌道を変えて、重力を利用した加速に入る。最小限の動力で最大限の加速を試みる小型飛空艇の動きに、マガミは背筋に悪寒が走った。明らかにしてはいけない操縦方法だった。

小型飛行艇は入り組んだ都市の建築物を舐めるように横切り、猛烈な速度で滑降飛行していく。一歩間違えば建物に激突して粉々に砕け散って行くだろう。その覚悟でマガミは操縦桿を操る。

息をのむような速度で小型飛行艇は第十三都市の中を走り抜けると、どうにか外壁を飛び越えた。報告に無い飛翔物を見た警備部隊が見上げる頭上を通り抜け、小型飛行艇は灰化層の境界面を切るように飛んでいった。

外界に出ると飛行艇は強い風に機体自体を震わせて走った。走る速度が速いこともあるが陸の上よりも気流が強く、乱れているのだ。操縦桿は片手で握れないほど振動を始める。

両手の間にニルを抱えて、マガミは両手で操縦桿を握りしめる。向かう先は灰化層上で戦闘を続けるメンシス号だ。

マガミは小型飛行艇が第十三都市からある程度離れたのを確認して、フレアガンを取り出す。既にクルスとの話で予定していた場所とは大きく異なっている。それでも位置さえ知らせればクルスは対応してくれるはずだ。

右手で震える操縦桿を強く握り、フレアガンの中身を確認。頭上に銃口を向けたとき、予想外のことが起こる。

灰化層の白銀色が右前方で大きくうねりを上げて盛り上がってきた。粉塵を身に纏《まと》い、黒色の楕円形が面を現していく。あまりのサイズ差で緩慢な動きに見えてしまうが、決してそんなことはない。

黒クジラと呼ばれる巨大な金属体が唸《うな》りを上げて、口のように開いたカタパルトでマガミたちを捕えようと突撃してきたのだ。

マガミは反射的に操縦桿を傾ける。その反動で頭上に打ち上がるはずの照明弾が黒クジラの機体にぶつかり、灰化層の中へと落ちてしまった。

「くそっ。なんてこった」

マガミは撃ちたてのフレアガンを手に握ったまま、小型飛行艇の操縦に集中する。明らかにマガミたちを狙ってきた黒クジラは船首を再び灰化層の中に沈み込ませつつ、背中を丸めて機体全体で小型飛行艇の行き先を遮《さえぎ》っていた。

小型飛行艇を操縦するマガミは絶妙な舵《かじ》さばきで黒クジラの外装ギリギリを駆け抜けていく。

最後に現れる黒クジラの大きな尾っぽが宙に向かって立ち上がり、灰化層に叩きつけられる。あたりを飛散する灰化層は、マガミの視界いっぱいに広がり始めていた。

灰化層は人体にとって有害だ。マガミは片手でニルの口元へ小型飛行艇に備え付けられているマスクを押し付け、残った手で揺れる操縦桿を操縦する。

酷《ひど》く重たく感じる操縦桿から、大気の揺れを感じた。まだ灰化層の下にもぐった黒クジラはこちらのことを狙っている。そう予感させた。

だが、今のマガミにできることは限られている。両手はふさがり、フレアガンは残り一発。メンシス号には居場所が伝わったとは思えない。黒クジラの飛翔によってあたりの灰化層は大きく乱れて視界はひどく悪くなっている。

既にメンシス号の位置どころか、第十三都市がどちらにあるかさえも見えないような状況だった。

「万事休すか」

いよいよ打つ手が見えなくなってきた。

マガミが諦《あきら》めかけたとき、彼の手に冷たい何かが触れた。金属のように冷え切っているが、優しい柔らかさを感じる。いつだったか、覚えのあるようなそんな手触りだ。

それはニルの手だった。彼女はおぼろげな目をしながらも、意識を戻しつつあるらしい。マガミの手に触れて彼を見上げていた。

「君、酷い顔だな」

小型飛行艇の動力音にかき消されそうな小さな声で彼女はそういうと、ゆっくりと体を起こす。

「おい、大丈夫なのか?」

慌てて声をかけるマガミに、ニルは弱々しく微笑みかけた。

「君がいてくれれば大丈夫」

そう言うと彼女はマガミに代わって操縦桿を握った。座席の背もたれ代わりにマガミに身体を預けて、彼女は空を見上げるようにマガミのことを上目に眺めた。

「操縦は僕のほうが上手いから、安心していい」

こんなときですら、ニルは自らへの自信とマガミへの嫌味を内包した台詞《せりふ》を口にする。彼女らしいといえば彼女らしい。

マガミは手元でフレアガンの次弾を装填しながら、ニルの身体を支えて固定する。

「頼む。二人で家に帰ろう」

マガミの言葉に対してニルは静かに、実に心穏やかな声で答えた。

「うん」

小型飛行艇の動力はあくまでアマデウス機構から共有された動力を利用しているに過ぎない。つまり小型飛行艇はアニマやニルでなくても操縦できる一般的なものであり、誰が操縦しても性能自体は変わらないものだ。

しかし、ニルが操縦する小型飛行艇は一味違った。

再び浮上してきた黒クジラの捕縛行動を易々と躱して、小型飛行艇は灰化層の上を踊るように滑らかに駆け抜けていく。

一切《いっさい》の無駄なく駆ける小さな機体を追いかけて、新たな黒クジラが接近する。だが、まるで彼らと戯《たわむ》れるかのような軽快な動きで小型飛行艇は宙へ舞い上がっていった。

立ち上がる灰化層を避けながら頭上に向かって小型飛行艇が高度を上げる。浮き上がる身体をマガミに支えられながら、ニルは少しだけ顔をしかめていた。日差しの眩しさか、それとも思うように動かない身体に対する不満か。

それでも彼女からはどうにもならない喜びのようなものが感じられる。

まさしく解き放たれた鳥のように宙に飛び上がる小型飛行艇。最高高度に達したとき、マガミはフレアガンを頭上に向ける。

眼下の灰化層上では戦闘を継続していたメンシス号の姿が見えた。

思ったより距離は遠くない。

「届けぇぇ！」

マガミは意味もなく叫び、フレアガンを打ち上げた。

真っ赤な光を放つ照明弾が撃ち上がり、小型飛行艇は再び高度を下げていく。直下には待ち構えている黒クジラが二機ほど泳いでいる。周囲からは別のクジラの気配も見えていた。

既に小型飛行艇の燃料は尽きかけていた。ガス欠を告げる警告灯が目障りなほどに点滅を繰り返している。

最小限の動力を維持しながらニルはメンシス号の見えた方角に船首を向ける。ニルはこのまま滑空しながら飛距離を稼ぐつもりだ。

全身を襲う落下感で背筋に寒気が走る。重い操縦桿を握ったニルの手に、マガミは手を重ねた。今の二人は運命共同体でありながら、一心同体でもあった。

互いに言葉を交わさなくとも想《おも》いが理解できる。確信はなくとも、そう感じるものがあった。事実、操縦桿を握った二人の動きは全く同じ方向を指し示していた。

落下地点に先回りしている黒クジラたちが勢いをつけるために潜航を始める。次に彼らの姿を見るときが勝負だ。一度、黒クジラの攻撃を回避すればおそらくメンシス号が先に回収にたどり着ける。

急降下する小型飛行艇の上でマガミとニルは互いの手を強く握り合っていた。

灰化層の境界面が近づく。それと同時に複数の黒クジラが顔を現した。真っ直ぐに突き上げてくる巨大な黒色物質たちがマガミたちの乗る小さな飛行艇に飛びかかる。

互いに身を寄せ合った黒クジラたちの間は、通り抜けられる隙間《すきま》すらない。正面から回避できる余地を残さない、非情な動きだった。

しかし、幾千もの修羅場を潜り抜けてきたニルには活路が見えていた。

彼女は操縦桿をあり得ないほど強くひねる。飛行艇はロールしながら突き上がってくるクジラたちの鼻先を掠《かす》めて浮き上がった。そして再びクジラの側面をなぞりながら灰化層へ向かっていく。

あまりに近づきすぎ、黒クジラと小型飛行艇は数ミリ接触して火花を散らす。一歩間違えば接触して空中分解するところだ。

血の気の引くような瞬間だったが、マガミは全く恐怖を感じなかった。それよりも自由自在に空を飛ぶ心地よさすら覚える。

黒クジラと交差し灰化層に再び戻ってきた飛行艇はそのままの勢いでメンシス号を確認した方角へと進んでいく。メンシス号も照明弾を確認してこちらに来ているはずだ。

やっと戻れる。そんな安心感が見えてきたとき、もう一つの障害が現れた。

灰化層の白銀色に同化するように、白クジラが現れたのだ。

今度のクジラは機動性が違う。黒クジラよりも半分ほどの大きさで、小型飛行艇の動きに合わせるように身をよじっていた。

白クジラの外装には見覚えのある傷が幾つかある。

以前、撃退したあの白クジラだ。

見事なまでにマガミたちの行き先を予見して、白クジラはカタパルトを解放していた。灰化層を身に纏《まと》いながら大きく口を開ける白クジラが目前に迫る。

回避行動に移ろうとしたニルだったが、タイミングの悪いことに小型飛行艇の燃料が尽きた。

空気を噛んだ甘い出力が小型飛行艇の動きを停止させる。

ゆっくりと閉じていく白クジラのカタパルト。徐々に日差しを遮《さえぎ》り、影が二人に迫ってくる。

マガミは最後の賭《か》けとばかりにニルを抱きかかえた。いよいよとなれば飛行艇を飛び降りるしかない。

操縦席の縁に足をかけて飛び降りようとしたとき、視界の隅に何かが見えた。

「なんだっ！」

灰化層を突き抜けて飛んできたのは、メンシス号の船首だった。

槍《やり》のように尖《とが》った船首がかなりの速度で白クジラの横面に突っ込んでくる。飛行艇同士をぶつけるような乱暴な操縦だ。

だが、今回はそれが功を奏した。突っ込んできたメンシス号が白クジラを押しのけて、寸前のところでマガミたちの目の前に滑り込んでくる形になった。

目の前に現れたメンシス号。マガミは意を決して飛翔した。

眼下にはどこまでも続く灰化層。メンシス号のデッキまではまだ距離がある。それでもこのタイミングを逃せば次はないと予感があった。

両手にニルを抱え、宙を飛ぶ。

まるで何もない宙の上を走るようにマガミは信じられないほど飛んだ。

きっと人生でこれ以上長く、遠くに飛ぶことは二度とないだろう。それほどの遠距離、長時間浮遊して甲板にしがみついた。

デッキには灰化層防護の服を着込んだカナヤゴが待っていた。身体を固定するザイルをマガミへ投げながら、船員が伝声管に向かって怒鳴りを上げる

「飛び移ったぞ！　出せ！」

マガミは急いでザイルで身体を固定する。メンシス号は数秒も経《た》たずに加速を始めた。ニルとマガミを船艇側面の壁にぶら下げたまま、緊急浮上していく。

メンシス号はあっという間に戦線から離れていった。黒クジラは相変わらず第十三都市を包囲するように陣形を崩さない。まだ警備部隊との戦闘も続いているのか、砲撃の音が遠くに聞こえていた。

戦闘音に重なるように、白クジラが空に向かって大きくブリーチングをする姿が視界に映る。そして高らかな声を上げて灰化層に姿を消していった。その様子はまるでメンシス号に対して挨拶《あいさつ》をしているかのようにも見えた。

黒クジラの攻撃で煙の上がる第十三都市を見つめながら、マガミは胸に抱きかかえたニルの温もりを思い出す。

彼女はマガミの腕の中で半分ほど瞼を落としていた。かなり疲弊している様子だったが、それでも意識はあるらしい。マガミのことをまじまじと見つめていた。

そんなに見つめられても、照れるだけだ。

マガミは急に恥ずかしくなり視線を灰化層に戻す。そしてぶっきらぼう棒に告げた。

「いつまでたっても戻らないから、こっちから迎えに来たんだよ」

腕の中でニルは僅かに笑い声を漏《も》らした。

「ありがとう。嬉《うれ》しかった」

とても素直な返答に、マガミはどうしたものかと頰を搔《か》く。人間は弱ると素が出ると聞く。であれば、今のニルが本来の彼女の姿ということなのだろうか。

真実はどうであれ、今はどうでも良いことのように思える。マガミにとって何物にも代えがたい存在であるニルが、自らの腕の中にいるのだ。

火照った身体を冷ます風に、ニルはゆっくりとマガミの胸に顔をうずめる。

そして彼女はもう一度、小さな声で「ありがとう」と呟いた。

＊＊＊

夜間航行を続けるメンシス号は、月光の下で穏やかに揺れる灰化層の上を飛行している。

日中の戦闘で受けた被害の補強や修理は既に終わっており、艦内はいつも以上の静けさが流れていた。夜でも外の様子が分かるように最低限の照明のみになったメンシス号の中には闇と静けさが同居している。

一見すれば寂《さび》しくも思えるその光景だったが、久々の帰還を果たしたニルにとっては懐かしく嬉しいものなのかもしれない。

　メンシス号へ戻ってきたニルは、艦内に運び込まれると同時に意識を失ってしまっていた。アガタが言うには、極度の疲労と緊張からの解放で疲れが出たのだろうということだった。

　医務室のベッドに横たわる彼女はそれからずっと眠り続けている。

「まるで眠り姫ね」

　冗談めかした言い方でアガタはニルの前髪をそっと触った。

　確かに、見事な造形をした彼女の顔は、瞼が落ちていると作り物のように美しい。マガミは彼女の腕につながった透明なチューブを眺める。無色の液体がゆっくりと一滴ずつ彼女の静脈へと流れていた。

「ニルは目を覚ますんですよね」

「心配ないわ。投与された薬を抜けば、今まで以上に元気になるわよ。それより、私はあなたのほうが心配なのよ？」

　そう言うとアガタはマガミの前に椅子を持ってきて腰を下ろした。ペンライトを持ってマガミの瞼の裏を見る。そして口を開けたマガミの咽頭《いんとう》を確認してため息をこぼした。

「結構な量の灰化層を吸ったみたいね。しばらく喉と肺が痛むわよ」

「昔から灰化層にまみれる仕事をしてますから。平気です」

「今はそうかもしれないけれど、いつまでも平気とは限らないの。灰化層の耐性は人によりけりで個人差はあるけど、一定摂取で致死性が発現するのは誰も同じなのよ」

アガタはカルテにペン先を走らせる。その軽いペンの動きを眺めながら、マガミは自分の手のひらに視線を落とした。

都市外壁で続けてきた作業で指の表面は硬く丈夫になっている。生まれてから長いこと使い込んだ信頼できる身体だ。

だが、この身体のことを自分はよく知らない。まるで他人のように。

まじまじと自らの身体を観察しているマガミにアガタは首をかしげた。

「何か身体に違和感がある？」

「いえ、それは無いです」

「そう、よかった」

アガタは軽く頷《うなず》いて再びカルテに視線を戻した。マガミは少しだけ言葉を選んでから、上手く整理できるかどうか分からないままの質問を彼女に投げかけてみる。

「アガタさんは、俺の出生について知ってますよね？」

アガタはその質問を聞いても何の動揺もなく、ただカルテへの書き込みを続けていた。まるでマガミの声が聞こえていないかのような、それほどの無反応だった。

マガミはしばらくアガタの反応を待つ。微妙な沈黙が流れてから、アガタは手を止めた。

「知ってるわ」

「やっぱり。実は俺、ニルを助けに行ったときに思い出したんです。断片的ですけど、研究所で暮らしていたときの記憶とか、ニルと出会った日のこととか。色々」

アガタはかけているメガネを取ると、机の上に丁寧に置く。そして机から数枚の紙をまとめた資料を取り出した。以前、処分したカルテの中には含まれていなかった、やたらと薄いファイルだった。

アガタはその中身を開く。

「私も初めから分かってたわけじゃないのよ。でも貴方の検査をしているときに、たまたま見覚えのある数値が出てきてね。それで分かった事《こと》なの」

ファイルから二枚の紙を手にしたアガタが、マガミにも良く見えるように手元に持ってくる。カルテに記入されている数値はマガミには分からない。

だが、そのカルテに書かれている名前くらいは分かった。ニルとマガミの検査結果を並べたものだった。

無数にある項目の中からアガタの指が大きな枠で囲まれた数値を指し示す。

「ここの数値がマガミくんとニルはよく似ているの。これは古代種の細胞の中に見られる特殊なアミノ酸配列をした細胞片の数を示している数値よ。普通の人間には現れない数字」

「つまり、俺もニルと同じ研究で生み出された人間ということですか？」

「『ニル計画』にはね、シスターラインと呼ばれる計画が幾つかあったのよ。彼女が造られたのはそのうちのひとつ。それとは別に走らせていた研究があったの」

　アガタは少しだけ表情を曇らせて過去の話を始めた。

「『ニル計画』は古代種の再生を目的としていたのだけれど、そのためにはいくつかの手段が考えられていたの。一つは受精卵へ直接古代種の細胞を埋め込むという方法。ニルはこの方法で生み出された個体よ」

　アガタはカルテの中に書かれたニルの名前の横を指さした。そこには『ニル・Ⅱ計画被検体』と書かれている。

「それとは別にね、出産後の幼児へ細胞を移植する研究もあった。でもこれは上手くいかなかったの。運用試験を続けるうちに、移植された古代種の細胞が宿主である被検体の細胞を食い荒らしてしまった。生き残った子供たちも多くが古代種の細胞と適合できずに、精神錯乱や凶暴性を高めてしまい安定運用とはほど遠い結果になったわ。だから皆、処分されたの」

　言葉尻を曇らせたアガタは、冷めた目でまっすぐにマガミを見つめる。そしてカルテの上から手をそっとマガミの手に添えた。

「マガミくんひとりを残して、ね」

　アガタは事の顛末を語りながらマガミの手を強く握った。ニルの手とは違う大人の手だ。幾度もの苦労と後悔を知っているような、そんな手だった。

「ごめんなさい。世界を救う研究ということに夢中になって、私たち大人は命への敬意を忘れていた。子供たちの命を使い続けた結果がこの世界だというのに」

まるで懺悔《ざんげ》のようにアガタは顔を伏せていた。マガミは握られた手に自らの手を重ねる。

「でも、どうして俺は生き残っているんですか？　アガタさんの話では、俺の仲間はみんな処分されてしまっているはずですよね？」

「それは、私にも分からないわ。どうして貴方が助かったのか。誰が助けたのか」

口ではそう言いながらアガタには見当がついている様子だった。

彼女は顔を上げるとベッドに横たわるニルを見た。静かな寝息を立てている彼女に、アガタは話しかける。

「貴女《あなた》なら知ってるでしょ。そろそろ、話してくれてもいいんじゃない？」

ニルは、いつの間にか目を覚ましていた。アガタの声で彼女は片目をそっと開ける。そして僅かに寝返りを打った。

彼女は唇を湿らせてからひとつ釘を刺す。

「他の人には言わないって約束して」

マガミとアガタは互いの顔を見合わせてから頷いた。夜間飛行中のメンシス号が風を切る音が響く艦内で、ニルはたどたどしく、過去を思い出しながら話し始めた。

＊＊＊

ニルがその少年に出会ったのは、とある冬のことだった。冬の冷え込みが激しい第十三都市の研究所。頭上に広がった鈍色《にびいろ》の雲からは大粒のボタン雪が降っていた。

まだ幼いニルの頬に、空から舞い落ちる雪の結晶が触れる。火照った頬に感じた冷たさに、彼女は漫然とした顔で空を見上げた。

「冷たい……」

彼女はそう呟くと、頬を伝う水滴を指で撫でた。指先を濡らした水滴は、溶けた雪なのか流した涙なのか判別がつかなかった。

第十三都市でのニルの暮らしは、研究と実験の繰り返しだった。日々過酷な扱いをされる彼女の身体からは腫れや痣《あざ》が消えることはない。被検体という扱いの彼女に、人道的な配慮がされることは少なかった。

そんな彼女にとって、体中の痛みと熱を忘れるのには寒空の下で小さく丸まっているのが一番効果的な方法であり、数少ない救いの一つでもあった。

中庭の木の下はニルのお気に入りの場所だ。雪が積もり薄暗く、風通しもよい。廊下を歩く人間からも見えにくく、醜く傷ついた容姿を嘲る子供たちも気が付くことはなかった。もとより、こんな夜中に外を歩いている人間などいはしないのだが。

ニルは新しく増えた顔の痣に触れる。触れた瞬間に鐘を突くような鈍く重い痛みが頭全体に響いて顔をしかめた。

「痛っ」

思わず声が漏れる。少女の声は反響するまでもなく、雪の中に溶け込んでいった。ここでどんな声を上げげたとしても、誰の耳にも届きはしない。そんな状況がまるで彼女自身の置かれた環境そのもののようだった。

ニルは幼いながらも胸にこみ上げる虚しさと孤独に小さな膝を強く抱きしめる。

ここに座っていると、不思議といつも目頭が熱くなった。自分の孤独と弱さを認めるのが怖くて、ニルは涙を隠すように顔を俯《うつむ》ける。

「痛いの？」

彼女の肩へ誰かの声がかけられた。人の気配を感じていなかったニルは驚きで跳ね上がらんばかりに顔を上げた。地面に倒れかけた彼女の驚きように、声の主《ぬし》は申し訳なさそうに頬を掻く。

「ごめん。驚いたよね」

「う、ううん」

ニルは首を横に振ると、彼から少し距離を置くように木の陰に身を寄せた。

黒髪の少年はニルよりひとつ年上の被検体だった。彼女とは別の研究計画で製造されたらしいということは、大人たちの会話から聞いている。ニル自身も何度かアマデウス機構の接続実験で一緒になっていたので、存在くらいは知っていた。

ニルは白銀の髪を梳《す》き下ろして顔を隠した。年頃の被検体たちは、揃いも揃って怪我だらけのニルのことをからかうのだ。

醜く腫れ上がった瞼を見てはハチの巣だとか、頬の痣を見てはパンの焦《こ》げだとか。外見を気にしている少女にとってその日々は耐《た》え難《がた》いものだった。

今日もきっと揶揄《やゆ》される。恐れて顔を隠したニルの隣へ少年は歩み寄ってくる。足音がすぐ傍で止まり、彼は雪の上に膝をついた。

「新しい痣だ。今日の訓練でついたの？」

顔を覗き込もうとする少年だったが、ニルは見られることを拒否する。より強く膝を抱えて顔を髪の中に隠した。

そんな彼女の腕に、冷たい何かが触れた。その冷たさとは正反対に優しい感触がする。ニルは恐る恐る顔を上げた。

「怪我は冷やしたほうが治りが早いんだって。この前、大人が教えてくれた」

少年はニルの赤く腫れた腕に優しく触れていた。自分の手を雪で冷やして、その冷え切った手でニルの熱を和らげようとしている。その行為自体は理解できた。

しかし、ニルには彼の優しさが理解できずにいた。

皆、彼女のことを化け物のように扱う。容姿だけではない。彼女の出生もまた特別だったからだ。実験や研究、訓練に同伴する大人たちも彼女のことをまるで物のように扱っていた。

それなのに、目の前の少年はまるで友人に話しかけるように優しくささやき、大切なものに触れるように温かな感情で接してくる。そのことがどうにも不思議で仕方がなかった。

初めてのことに、ニルは呆然《ぼうぜん》と少年のことを見つめていた。彼女の視線に気が付いて少年は困ったのか照れているのか、視線を宙に泳がせる。

「おれもよく怪我するんだ。そのときはよく冷やしててさ」

そう言う少年も、よく見れば腕に青い痣があった。昨日今日に付いた真新しい怪我だ。

ニルは自分の腕を彼の腕と見比べる。きっと彼も同じような痛みを誤魔化《ごまか》すために夜の寒さを求めていたのだろう。ニルは自分と同じ境遇の彼に共感を覚え始めていた。

「君はおれなんかよりずっと優秀だから、たくさん怪我してるんだよね。おれなんか成績はめっきりでさ。だからこのくらいで済んでるんだろうなぁ」

少年は熱を帯びた手を雪の中に埋め、真っ赤になった手で再びニルの腕に触れた。心地よい冷たさがニルの身体から熱以外のささくれ立った心まで癒《い》やしてくれているような気がした。

自嘲するように笑う彼はニルのことをまっすぐに見て肩をすくめる。

「みんな君のことを悪く言うけど、頑張ってる人をそういうのは間違ってると思う。おれは、ね」

ニルは初めて感じる感情に息を止める。とても自然体で、正面から向き合ってくれる少年の心地よさ。誰かと一緒にいたいと思える初めての経験。ニルはさっきまで隠していた顔のことも忘れて少年のことを見つめ続けていた。

「あ、顔にも新しい怪我があるんだ」

少年は薄明りの中で気が付いていなかったニルの顔へ手を伸ばす。

頬に触れる少年の手。その手は冷え切っていても心の温かさが伝わってくる。ニルは無意識のうちに彼の手に自分の手を重ねていた。

そして、止めようもなく流れる涙が頬を伝っていく。

「痛いの？　大丈夫？」

瞳いっぱいに涙をためた少女を見て少年は慌てていた。それでも、ニルは何も語らず少年の手を握る。涙の訳は痛みや苦しみではない。

このとき、幼い少女にはまだ理解できていなかったが、涙の理由は喜びだった。胸の中に膨れ上がる優しさへの喜びが、涙となって溢《あふ》れ出していた。

少年は彼女の涙を見つめながら、少しだけ困ったように頬を掻く。そして何かにひらめいたとばかりに手を打った。

「そうだ。今日から、辛くて泣きたくなった日はまたここで会おうよ」

「また会う？」

涙でぐちゃぐちゃになった顔を上げたニルの前で、少年は屈託《くったく》のない笑みを浮かべる。

「そう。そしたら怪我を冷やしあいっこできるし、少しくらいお話もできるでしょ？」

そう言って少年は小指を突き出す。

ニルにはその仕草の意味が分からなかった。恐る恐る同じように小指を出すと、彼の指が優しく絡《から》みつく。

「約束の指切りだよ」

「ゆびきり？」

「そう。約束をするときにこうするんだ」

少年は少し自慢げに、そして少し恥ずかしげに言ってはにかむ。彼の表情と共に、互いに繋《つな》がった指先が酷く熱をはらんでいるように感じた。

ただの指切りという行為が、このときのニルにとっては異次元に感じるほど、世界が一瞬で広がった気がしたのだった。

この日を境に少年とは約束通り、毎日木の下で会うことになった。日中も顔を合わせれば挨拶をするような仲になり、ニルがからかわれても少年が守ってくれることが多くなっていった。

何か大きな得や利益《りえき》が生まれたわけではない。少年がいないところではいつもの毎日が続いていたが、それでも彼がいるということ自体がニルの心の大きな支えになっていた。

きっと、あの時からニルの中で少年は特別になっていたのだ。

彼はニルにとって初めての友人となり、初めて好きになった人だった。まだ幼く、人との関係を知らないニルにとって、恋という概念を理解するのは何年も後のことになる。

そんな少年を含めた総勢二十人以上の被検体が処分を言い渡されたのは、春を迎える少し前のことだった。

ニル計画の終了工程という難しい話をしているのを聞いたニルは、幼いながらも少年がいなくなることを悟った。

結局、大人たちの監視をかいくぐって少年に会いに行ったときには、既にストレッチャーの上に乗せられて怪しげな薬を注入された後のことだった。

点滴を引きちぎり、少年を担《かつ》いだニルは計画も何もないまま、非常階段に逃げ込んだ。夕方を迎える第十三都市では、貨物の運び出しが行われる。

もしかすれば、屋上のヘリポートから逃げられるかもしれない。自分は無理でも、もしかしたら少年だけでもここから逃げられるかもしれない。頭をよぎった直感に従って、ニルは少年を背負って空へと向かったのだ。

とにかく、ここから逃げ出さないと少年に明日はない。もしこれから一生彼と出会えなくなっても、生きていればそれでよかった。

やっとの思いで彼女が屋上にたどり着いたときには、既にヘリポートから見える夕日の姿は半分以上が灰化層の中に沈んでいた。

いつも、宙が紺色になっていく頃には貨物船が飛んでいく姿を見ている。ニルは願うような気持ちでヘリポートへ視線を向けた。

　そこにはいつもの貨物船ではない別の船が止まっていた。彼女は知る由もないが、都市の警備部隊が使っている小型の飛行艇だ。ニルは考えとは違うものの、それでも飛行艇が残っているという幸運に生唾を飲み込む。

　最後の賭けだ。彼女は震える脚と、いうことを聞かない腕を懸命に動かしてヘリポートへ向かった。

　ヘリポートへ上がる数段の階段が辛い。飛行艇の傍には警備部隊の兵士がひとり、煙草を吸っている。ニルは気が付かれないように必死に息を凝らし、気配を消す。

　しかし、子供のすることだ。兵士は咥《くわ》え煙草のまま、二人の気配に気がついて振り返った。男にしては長い黒髪の兵士は、井戸の底のように暗く光のない目を二人へ向ける。

　ニルは彼に見られたことで、心臓が止まるほど凍り付いた。背中の少年の重さすら忘れるほどの絶望感と焦燥。これからどうなるのだろうか、という不安が頭をよぎった。

　自分が何かされるという不安ではない。少年が死んでしまうという恐怖が、ニルの頭の中を駆け巡った。

「おまえは確か」

　兵士は口に咥えた煙草の先を揺らしながら呟く。そして煙を吐き出すと煙草を地面に投げ落とした。夕焼け色と同じくらいの緋色をまき散らして、煙草が転がる。

もうおしまいだ。最後にできることは神頼みか、目の前の兵士へ懇願するしかない。ニルは震える唇で必死に言葉を紡《つむ》いだ。

「お願い。彼を助けて」

ニルの短い言葉が兵士に届いたのかどうかは分からない。それでもニルの感情がこもった願いの言葉に、兵士は動揺を見せていた。

「こりゃ、参ったな」

兵士はしばらく黙り込むと、小さな声で言った。一体何を考えているのか、兵士は首をかしげて新しい煙草を取り出す。

新しい煙草を咥えた兵士は夜の帳《とばり》が落ちる宙《そら》の果てへ視線を向けた。

「見なかったことにしてやる。急げよ」

思いがけない返事にニルは驚いた。今までどんなに辛いときも苦しいときも、彼女の願いを聞いてくれた大人は誰一人としていなかった。

それがどうだろう。初めて顔を合わせたその兵士は、願いを聞くばかりか手を貸してくれるというのだ。

ニルは驚きもあったが、兵士の気が変わらないうちに急いで飛行艇に駆け込んだ。

飛行艇には幾つかの荷物が積んであった。どれも丁寧に木箱へまとめられている。ニルは木箱の間に少年を降ろすと、彼の頬に手を触れた。

血色の悪い少年は半分ほどに落ちた瞼の向こうでニルのことを見ている気がする。これで最後になるのかもしれない。ニルはこみ上げる寂しさと、何もできない自分への後悔で心が押しつぶされそうになった。

それでも自分にできることはこれ以外に何もない。ニルは力いっぱい彼を抱きしめて、別れの言葉を告げた。

「また、会おうね」

＊＊＊

ニルが話してくれた馴れ初めの話は、マガミにとって既知の記憶でありながら、どこか初めて聞いたような不思議なものだった。

一通りの出来事を全て語り終えたニルはベッドの上で膝を立てる。腕で目元を覆《おお》い隠しているので表情は見えなかった。

「君がいなくなった後は、結構大変だったんだ。友達はいなくなるし、訓練はどんどん辛くなるし。良いことはほとんど無かった。この船に乗ることになったときだって……」

彼女はそう口にすると、唇を噛んで黙り込んでしまった。マガミは静寂に包まれた部屋の中で、爪《つめ》が肌に食い込むほど強く拳を握る。

ニルが過ごしてきただろう日々は、果たしてどんなものだったのだろう。絶望の淵で、暗闇に落ちないように必死に生きてきたに違いない。

なのに自分は。

マガミは目頭が熱くなり、口を強く噤《つぐ》んだ。それ以上は、横たわるニルへ向けて、「ごめん」と告げるのが精いっぱいだった。

「謝らなくて、いい」

一呼吸の空白を置いて、ニルの声が鉄の壁に浸みていく。彼女の言葉は、マガミの胸に重たくのしかかる。

しかし、ニルは遠く聞こえる風切り音に乗せるように穏やかな口調で続けた。

「確かに君は傍にはいなかった。でもね。辛くなって泣きそうになったとき、君はいっつも僕の心にいてくれたんだ。どこかで君は生きている。きっとまた会える。そう思うと、心が折れそうなときだって頑張れた」

ニルはそう言うと顔を覆い隠していた腕を下ろした。淡い光の下で、彼女の赤くなっている目元が見える。真紅の瞳はまっすぐにマガミを見つめ、時間をかけて優しげに細くなっていった。

「だから。こうやって君とまた会えたとき、全部、全部、良かったんだって思えたんだ。君が謝ることなんて、何もないんだよ。マガミ」

マガミはその言葉を聞いて、胸の奥に溜まっていた感情が吹き上がってきた。膝が震え、堪えていた涙がこぼれ落ちる。

マガミは思わず自分の膝に視線を落とした。

真正面から彼女を見ることができない。泣いている顔を見られたくないというわけではない。誰かが自分に対して真っ直ぐな気持ちを持ってくれていることが、あまりに嬉しくて、切なかった。

しかし、その想いと反比例するようにマガミの胸の中には罪悪感と自己嫌悪が膨らんでいった。その感情に押しつぶされそうになりながら、マガミは声を振り絞る。

「でも、俺は――」

震える声で、マガミは想いを口にしようとする。だが彼の言葉を遮るように、ニルの透き通った声が彼の言葉を上書きした。

「君は、僕を助けに来てくれたじゃないか。今度は心の中でなんかじゃない。本当に僕のところに来てくれた」

そんなことで許されるわけが無いじゃないか。マガミが心の中で呟いたその瞬間、彼の手にニルの手が重なった。

ひんやりと冷たくも、優しい感触。

咄嗟《とっさ》に顔を上げたマガミを、ニルは確かめるようにしっかり見返してくる。

そして、ゆっくりと彼女は呟いた。

「本当に、本当に嬉しかったよ。ありがとう」

その言葉は、マガミの心の中にある罪悪感を魔法のように溶かしていく気がした。黒く重たいマガミの罪悪感は、形を変え、新たな想いとなり彼の胸の中に膨らんでいく。

マガミの表情に光が差した様を見て、ニルは「これでやっと言える」と遠い目をして溢《こぼ》すと、改めてマガミに微笑みかけた。

「また、会えたね」

それはマガミにとって一度として聞いたことのないような、美しい響きだった。

彼女の声を聞いて、マガミは思い出す。

格納庫で初めて出会ったと思ったあのとき、彼女は何かを口にしていた。マガミへ語りかけるように、ゆっくりとした口調ではっきりと。

あのときは何を言っているのか全く見当もつかなかったが、今はよく分かる。その言葉に乗せた想いや願いまで含めて、ニルという少女が込めた全てを。

「また、会えたよ」

今度は涙を流していようと、声が震えようと、どうでも良かった。重ねられた手を握り、マガミは再び会えたことの喜びを噛みしめるように嗚咽《おえつ》をこらえる。

「今度は忘れたらダメだから」

頬に一筋の雫《しずく》を流し、ニルはいじらしく言いつけてくる。マガミは大きく首を縦に振った。

「あぁ」

「君に忘れられて、辛かったんだから」

「あぁ」

「次は絶対に許さないから」

「もう二度と、君を忘れない」

「絶対、約束だよ」

ニルは語尾を震わせながら、マガミの手を握り返した。掌に感じる細くか弱い感触を身体に刻みつけるように、彼はその手を両手で包む。そしてお互いの存在を確認し合うように、強く、強く握り合った。

どのくらいそうしていただろう。不思議とニルと気持ちが通じ合うような気がして、マガミは濡れた頬を拭って顔を上げた。

ベッドの上に横たわるニルは、彼の眼差《まなざ》しを見て小さく頷く。そして重たげに身体を起こした。

「まだ安静にしてなさい。無理は禁物よ」

医務室の隅で黙っていたアガタがベッドへ駆け寄ってくる。ニルは彼女を制止するように腕を伸ばすと、痛みをこらえた笑顔で答える。

「ちょっとだけ、外の空気が吸いたいんだ。マガミが付いて来てくれるから、大丈夫」

全身痛むのだろう。ゆっくりとした動作でベッドの上から脚を下ろす彼女は、何度も顔を歪《ゆが》ませる。

マガミはニルの隣に寄り添って、彼女が立ち上がる補助をする。久々に自分の足で立ち上がったニルは両手を天井に向け、大きく身体を伸ばした。

「外は寒いから、毛布を持って行きなさい。何かあればすぐに教えて」

呆《あき》れた様子で戸棚から毛布を取り出したアガタは、ニルではなくマガミにそう言う。彼女の監督者はお前だぞ、と言わんばかりだった。

マガミは「分かりました」と答えて、毛布を受け取った。

医務室を後にすると、ニルはマガミの腕にもたれかかりながらゆっくりと一歩一歩進んでいく。いつだったか、メンシス号の艦内を案内されたときとは立場が逆だ。足元の障害物の一つ一つを丁寧に避けながら、二人は格納庫の先にあるデッキへ向かった。

道すがら、通り過ぎる搭乗員たちはニルの姿を見るたびに嬉しそうに声をかけてきた。

「おかえり、お嬢」

「戻ってきてくれて嬉しいよ」

「また顔が見れて良かった」

口々にフレーズは違うものの、誰もが彼女の帰還を歓迎していた。今ではメンシス号がニルの家であり、搭乗員たちは彼女を見守り続けてきた家族なのだ。彼女の出生を知っていても誰も彼女を咎《とが》めはしない。同じ船の中、運命を共にする仲間なのだから。

二人はデッキに上がって甲板の密閉扉を開く。安定飛行に入っているとはいえ、デッキはいくらか風が吹いている。ニルは靡《なび》く長い髪を押さえて甲板の手すりに寄りかかった。

四方を覆い尽くす灰化層の雲海が、月の明かりに白く浮き上がって見える。地平線の向こう側から頭上に広がる宙の上は、満天の星空だ。星々の連なる光の帯が二人の頭上を横断している。

ニルは空を見上げて、感嘆の声をこぼした。

「綺麗」

「あぁ。綺麗だ」

二人して空を見上げたまま、無言の時が流れた。

この星が灰化層という有害物質に覆われてから三百年が経つという。人類の多くが死に絶えたこの世界でも、この星空は変わっていない。数千年もの時間の流れの中で、同じ星空を見上げた人間は大勢いるに違いない。

悠久の時の流れ。自然の中で生まれ育った人類の歴史を感じつつ、二人は自然と互いの手を握り合った。

互いの指を絡め合い、体温を感じ合う。世界の歴史を想えば二人の命などほんの一瞬の出来

事である。

それでも、ここでこうして二人が並んで立てたのは、奇跡以外の何物でもない気がした。

彼らはお互いに思うこと、感じることを言葉にしなくても共有できている気がする。その証拠に、二人は何も語らずとも同じ方向を見つめ始める。

月の光の下で照らし出される第十三都市の姿がそこにあった。距離にすれば数十キロ。いや数百キロは離れているかもしれない。小さく見えるその丘の周りには、確かに動くクジラたちの姿が見える。

マガミは目を細めながら、全ての始まりの土地を感じた。

ニルが生まれ、マガミが逃れた呪《のろ》いの土地。それが今となっては向かい合うべき重要な場所となっている。

お互いに考えていることは同じに違いない。握り合う手と手がより強く結び合う。

「ニル。君は嫌かもしれないけど、俺はあの街を守らないといけない気がするんだ。あそこには俺たちとは関係のない人たちもたくさんいる。メンシス号の仲間の家族だっているはずだ。過去の事は色々あったけど、何かを変えるためには俺たちが変わらないといけない」

ニルは髪を耳にかけ直し、黙って首を縦に振った。

「マガミ。いいよ、やろう。君と一緒ならできる気がする」

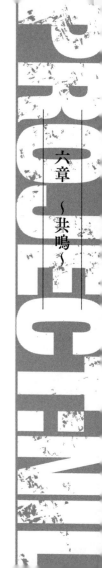

六章　〜共鳴〜

翌朝。艦橋から見える第十三都市の光景に、搭乗員たちは言葉を失っていた。

夜間の戦闘があったという報告はあったものの、実際の状況は空が白んでこないと分からない。日が昇りだした朝方から、第十三都市の状況が明確になった。

黒い狼煙《のろし》のように煙を上げる第十三都市からは、時折救難信号を示す赤い照明弾が打ち上げられていた。灰化層《はいかそう》から立ち上がる幾つもの細い煙は、外部へ伝達に向かったのであろう飛行艇がことごとくクジラに撃沈された名残に違いない。

クルスは艦長席に腰を落ち着けたまま、黙って第十三都市の有様を眺めていた。

「クルス艦長。どうしますか?」

朝の艦内状況の確認を終えたサエが艦橋に戻ってくるなりクルスへ問いかける。彼は口を噤《つぐ》んだまま、煙の上がる灰化層の水面を眺め続けていた。

艦長として、船を守る義務と使命がある。それと同時に、第十三都市を救うべきかどうかの天秤もまた揺れ動いている。

あの街を救えば、利権と権力に満ちたクズたちを延命させることになるだろう。だが、見捨てるとなれば搭乗員たちの家族を見殺しにすることになる。

「度《ど》し難《がた》くとも、捨てきれんな」

憎々しげに第十三都市を見つめるクルスが呟《つぶや》き、彼の言葉にサエが同意するように小さく頷《うなず》いた。

サエもクルスの心境を分かっている。そしてその決断を下すためには、もう一つのピースが必要だということも。背後から近づいてくる足音を聞いて、彼女はいよいよ始まる決戦の狼煙を予感する。

サエから少し遅れてアガタも艦橋にやって来た。彼女はニルとマガミを連れている。クルスは座席の背もたれへ深く身体を寄せた。

今までなら、ニルに引っ張られていたはずの青年が、今では全《すべ》てを背負う覚悟を顔に見せてクルスの前に立った。

マガミの表情を見て、クルスは彼への認識をがらりと変える。彼の口から語られる言葉を、催促することもなくクルスは待った。以前のように彼を追い詰める必要などない。

マガミは、艦長を前にして堂々と口を開いた。

「クルス艦長。第十三都市を救いましょう」

マガミの強い言葉を聞いて、クルスは彼の隣に並び立つニルを見た。お前はどうなんだ。という問いかけを視線に乗せると、彼女はマガミに劣らない意志の強さで頷《うなず》く。

「あの都市はお前たちにとって悪夢に等しい。それでもあれを守りたいか？」

「確かに、俺《おれ》やニルにとって、あの街はいい思い出とは言えない。きっと他のアニマたちにとっても同じです。でも、過去は過去です。これからは変えられる」

決して引く気はない。マガミの意思が真っ直ぐにクルスに向けられる。

クルスは大きく息を吐き出して、脚を組んだ。軍帽を脱ぐと椅子《いす》の横に引っかける。今のマガミの姿はクルスにある過去を思い出させる。

かつて手の届かなかった願い。それを彼らが代わりに成し遂げてくれるような気がしてくる。

クルスは伝声管の蓋《ふた》に手をかけた。格納庫、操縦室、機関室、全ての蓋を開いてから咳払《せきばら》いをする。

「全艦に告げる。これよりメンシス号は第十三都市を包囲するクジラの掃討《そうとう》作戦に入る。目標は白クジラの討伐だ。操縦はニルとマガミに任せる。総員、バックアップに移れ。作戦開始は十分後だ。以上」

慣れた手つきで全ての伝声管のふたを閉じたクルスが、マガミへ顔を向けた。そして頷く。

「これからを変えるつもりなら、まずはここを生き残るぞ。行け」

「ありがとうございます」

マガミとニルは互いの手を引いて操縦室へと走っていった。眩しいほどに若い二人が走り去ったあとの艦橋は、少しだけ日が隠れたような陰が残った。

クルスは思うところもありつつ、艦長服の襟《えり》を正す。同じ年頃のアガタは彼の姿を見ながら肩をすくめていた。

「賭《か》けに出たわね」

「戦場はいつでも賭け事と同じだ。どれほどの想《おも》いをもって何に賭けるか。ただ、それだけだ」

アガタは辛うじて聞こえる声で「本当に馬鹿《ばか》な人」と呟く。

艦橋の窓ガラスにこびりついた水滴が伝って流れていく。一つ一つの流れの束《たば》がひとつにまとまり、大きなひとつの流れに変わろうとしていた。

＊＊＊

操縦室では、操縦初心者のマガミに群がるようにしてアニマたちが集まっていた。

ネブラが耳元で操縦機器の詳細をノンストップで話し続け、ノクスは無言でマガミの身体を固定している。入り口を出入りするルシオラは何やらニルと最後の調整をしているらしい。

「で、これが照準の微調整をするスイッチだから、ニルが定めた狙《ねら》いをこっちで調整してあげて。あっちは艦を動かすのに集中するんだから、最後の仕上げはあんたの仕事ってわけ」

「案外、色々しないといけないんだな。副操縦ってのも」

「あんた、あたしたちが鼻くそほじりながら座ってるだけだと思ってたの？　クッソ忙しいんだから覚悟しなさいよ」

ネブラは威嚇《いかく》するように白い歯をむき出して来る。マガミは「悪い」とだけ伝えておく。身体を固定するベルトの締め具合を確かめるノクスが座席の後ろから顔を出した。

「きつい？」

「いや。丁度いいくらいだ」

胸の上から四点で固定するベルトを触ってマガミは短く礼を言った。

元々、この座席に大柄な男が座ることは想定されていなかったはずだ。ノクスがあれこれと格納庫から集めてきた道具でマガミに合うサイズに改造してくれていた。

ノクスはマガミの返事を聞くと満足げに胸を張って顔を引っ込めた。彼女と入れ替わるように再びネブラが髪を揺らしながらマガミの正面に立つ。

「いくらあんたがいてアマデウス機構の出力が増えたって、楽勝な相手じゃないからね。相手は黒クジラ数機に白クジラ。普通なら勝てっこないの。操縦の全部を頭に叩《たた》き込んで、最高のパフォーマンスで戦って」

ネブラはいつもよりも熱のこもった言葉でマガミに話してくる。だがその言葉は攻撃的ではない。マガミを応援しているという感じだった。

マガミは素直に頷いて答える。

「分かった。ベストを尽くす」

「お願いよ。何かしようにも、あたしは何もできないから」

ネブラはそう言って悔しそうに下唇を噛《か》んだ。

マガミは彼女の想いを汲んだ上で、ネブラの頭に手を伸ばす。

「何もできないってわけじゃないだろ。ネブラが教えてくれなきゃ俺は何もできない。だから、結構助けられてるぞ？　俺も、ニルも」

そう言ってマガミが後部座席を見上げる。そこではルシオラとニルが兵装の最終確認をしていた。

自分の名前が挙がって顔を向けたニルが小首をかしげて「どうかした？」とマガミに話しかけてくる。

以前ならもっと刺々《とげとげ》しかったニルだが、今は肩から力が抜けていた。余計な感情が全て落ちたように、落ち着き切っている。

ネブラはニルを見てからマガミに視線を戻す。

「ねえ、本当に何があったの？　全く別人なんだけど」

今まで噛みつき合っていたネブラだからこそ、ニルの変化に一番動揺している様子だ。不気味がって声を小さくするネブラ。マガミは苦笑いをしながら小声で告げる。

「まぁ、色々とな」

「色々って……ええ⁉」

ネブラは一体何を連想したのか、顔を赤らめてマガミとニルを交互に見やった。

そして、何故《なぜ》だか悔しそうな表情を残して走り去っていく。彼女の思考回路はよく分からない。後で何を考えたのか聞き出すことにしよう。

マガミはネブラに教えられた機器の復習を指さし確認していく。機体の被弾状況確認を示す圧力計、残弾数の表示、出力測定器、高度計、照準調整桿、その他もろもろ。

本当にやるべきこと、見るべきことの多い席だ。戦闘をしながらこの全てを確認できるのだろうか。

唸《うな》りを上げながら腕を組んだマガミにルシオラから声がかけられた。

「ニルの確認は終わったけど、あなたは大丈夫？」

大人びた落ち着きのある口調に対して、マガミは全く自信のない声で答える。

「正直、不安だな。前回は勢いでどうにかしてた感があるから」

「航行はニルに任せればいいわよ。彼女以上に腕の立つ操縦士はいないんだから。あとは、阿吽《あうん》の呼吸で伝えることを伝えてあげて」

「阿吽の呼吸って」

困って顔を上げたマガミにルシオラが満面の笑みを送ってくる。それは得意でしょ、という意味らしい。マガミはさらに困惑する。

しかし、後部座席のニルは疑いようもない自信に満ちている様子だった。なんの迷いもなく彼女は口にする。

「大丈夫。マガミと僕なら、やれる」

「そうね。大丈夫よ、あなたたちなら」

ルシオラもニルと同調して頷いた。なんだか随分と仲良くなったような気がする二人は、お互いに頷き合っていた。

そうこうしているうちに、艦橋からの声が聞こえてきた。

『作戦行動開始まで残り五分。各員、第一種戦闘配置』

サエの声が艦全体に響く。やや名残惜しそうにルシオラは別れの挨拶《あいさつ》を残して操縦室を後にした。

操縦室の扉が閉まり、室内の照明に光が走る。外部モニターとリアルタイムの接続が完了して、マガミたちの見える視界全てに灰化層と宙の二色が広がった。

メンシス号の船首は既に第十三都市へ向けられている。真正面に黒い煙が立ち上がっている様子が、生々しいほどはっきりと見えた。

いよいよ戦闘が始まる。マガミは手にかき始めた汗を上着で拭《ぬぐ》った。張り詰めた緊張感の中で、ニルが口を開く。

「マガミ。多分、結構苦戦すると思うけど、諦《あきら》めないで頑張ろう」

ニルの声色は落ち着いていた。いつもの軍服姿のニルは、細い足を伸ばしてリラックスした様子で操縦桿《そうじゅうかん》を握る。

マガミもそれに習って肩の力を抜いた。自分一人で戦う訳ではない。後には誰《だれ》よりも信頼できるニルがいる。マガミはそれを思い出して深呼吸で心を落ち着かせる。

「あぁ。最後まで絶対に諦めない。一緒に戦うぞ」

アマデウス機構の起動出力が高まる振動に座席が揺れる。戦闘が始まれば互いの顔を見ている暇はないだろう。マガミはそう思い、背後を見上げる。ニルとマガミはお互いを見つめ合い、頷き合った。

戦闘は、もうすぐ始まろうとしていた。

＊＊＊

空は雲一つない晴天だ。

重く揺れる灰化層も乱れを一切《いっさい》感じさせない凪《なぎ》模様。世界は白銀色と蒼天色の二色で構成されている。真《ま》っ青《さお》な宙には白く霞んだ月の姿が見えていた。徐々に上がり始めた太陽の日差しに灰化層がきらめき、気温も同時に上昇していく。

第十三都市では外壁が半壊して灰化層が都市内部に流れ込み始めていた。居住区の近くまで灰化層の侵入は進んでいる。

その様を眺めるように、第十三都市の周囲を幾つかの黒い影が泳いでいた。黒クジラだ。大きさでいえば千人クラスの居住区を持つ飛行都市と大して変わらない。全長は三百メートルを優に超える個体が何体も灰化層に潜っては頭を出してを繰り返している。

第十三都市に残された人々は灰化層の届かない高台、丘を見上げる広場の上で肩を寄せ合っていた。研究員であろうと、行政府の人間であろうと、危機を前にしては同じ人間でしかない。もうこの都市はお終《しま》いかもしれない。誰もがそう思い始めていたとき、群衆の中の一人が宙に上がる照明弾を見た。

二発、三発と上がる照明弾は黄色と赤色があった。救援を示す色だ。

「見ろ！　助けが来た！」

誰かの声で、人々は一斉に照明弾の上がった方角を見た。灰化層の上にゴマ粒ほどの小さな飛行艇が見える。肉眼では僅《わず》かに見えるほどのその機影に、別の誰かが呟いた。

「メンシス号だ」

灰化層の上を徐々に速度を上げて走り寄ってくる機影は明らかに普通の飛行艇とは形状が異なっている。

より早く、より効率的に灰化層の上で戦うために設計されたシャープな形状だ。そのことは、メンシス号を設計した第十三都市の研究員であればすぐに判断できる。

しかし、メンシス号から放たれる虹色の排気だけは、誰もが初めて目にする光景だった。超高度なアマデウス機構の出力によってのみ確認される虹色の排気を目にして、研究員たちは言葉を失う。

その詳細すら知らない人々も、灰化層の白銀が放つ煌《きら》めきに負けない虹色の輝きに目を奪われていた。

「頼む。助けてくれ」

誰からかは分からない。人々は、白銀の海をかける一隻《せき》の飛行艇に祈り始める。黒クジラと比べれは圧倒的に小さい一隻の飛行艇。

だがそれは人類の英知をつぎ込んだ最高の艦《かん》でもある。皆が祈りをささげる中、メンシス号は最高速度へ達し灰化層の境界面を突き抜けていった。

＊＊＊

メンシス号の出力は最大値に達する。通り過ぎていく灰化層の煌めきが線に見えるほどの速度で、黒い船体はクジラとの戦闘領域に突入した。船首をやや持ち上げ、灰化層から機体を徐々に持ち上げたところで、舵《かじ》を僅かに傾ける。

あっという間に第十三都市の頭上を駆け抜けたメンシス号は宙で機体を大きく反転させた。

眼下には灰化層の境界面が全て見渡せる。

数秒の飛行の後、ニルは標的を発見する。灰化層の白銀に身を溶かすような白い機影。太陽の光に僅かだが影を落としたその姿が、黒クジラを指揮する首領である白クジラの姿だ。

「標的発見！　九時の方向」

マガミが艦橋へ告げると同時に、機体は降下を始める。ニルが操縦桿を傾けて、真っ直ぐに白クジラへ舵を切った。

メンシス号は既に一度戦闘を行っている。複数の黒クジラとの交戦で戦闘の物資は潤沢とは言えない状態だ。一気に本命を狙う必要があった。

気味の悪い浮遊感と共にメンシス号が灰化層に直進していく。メンシス号の機影を確認した白クジラは、身を隠すために灰化層へ潜水していった。それもお構いなしにニルはメンシス号を灰化層に突入させる。

鈍い音と共に視界ゼロの灰化層の中に突入したメンシス号は、ソナーを頼りに計器飛行へと切り替わった。

『ソナー探知、入ります』

艦橋から音響士の声が聞こえてくる。マガミは彼からの伝達を頼りに状況をモニターに反映させてゆく。

どうやら白クジラは灰化層の深くまでもぐり込んでいるらしい。ソナーの反響音がかなり下から聞こえていた。

『敵影、下方二百メートル以上』

「敵影、下方二百メートル以上。了解」

モニターへ補助情報として敵影との距離を打点すると、ニルは舵をさらに下へ向けた。

モニター越しに見える景色が、徐々に鈍色《にびいろ》に変わっていく。かつて地表を満たしていた海と同じく、灰化層は深く潜るほどに光を遮断していく。それと同時に、灰化層自体の濃度も濃くなっていった。

外の灰化層濃度を示す計器が大きく針を動かしていく。飛行翼が灰化層に擦《こす》れる砂のような音が聞こえ始めたとき、何かが船体に当たるような高い音が二度三度と続いた。

その音を確認して艦橋から伝令が来る。

『アクティブソナー！　来るぞ！』

クルスの怒鳴り声だった。

音響士がこちらのソナーで位置確認するも、相手の確実な居場所は確認できていない。マガミは音響士から送られてくる情報に耳を傾ける。

『敵影、捕捉できず』

「……まだか」

『再度ソナー探知。敵影捕捉できず。いや、これはっ』

音響士が息をのむ声と同時に、マガミは気が付いた。ソナーの構造を知る機関士だからこそ、音響士の焦《あせ》りから考えを先読みして口走る。

「ニル、真下だ！」

マガミの声と同時にニルは舵を切った。

突然、機体を大きく傾けたことでメンシス号は歪《ゆが》みの悲鳴を上げる。船体の中に乗る人間も苦痛を感じるほどの衝撃が走った。

その直後、灰化層の中から白クジラの機体が現れる。

大きく口を開けた白クジラはメンシス号の真下から突き上がってきた。ほんの数メートル鼻先を掠《かす》めていく白クジラが上空へ向かって上昇していく。

ニルはすぐに白クジラの尾を追いかけるように操縦桿を切った。

「逃がさない！」

苦しげに歯を食いしばり、ニルは辛うじて白クジラを視界に収められるほどの距離に船体を付けた。今までのアニマとの操縦では白クジラと並走することなどできなかったが、今はそれが可能だ。

むしろ飛行速度だけで言えばメンシス号がクジラを上回っている。徐々に艦体をクジラの後ろに付けたニルが白クジラの後部に銛《もり》の照準を定めた。

ある程度の照準を確認して、マガミがさらに軌道の調整をかける。

メンシス号の航行速度と発射角、相手の装甲を貫くための最適な場所まで、マガミは自然とその手法を見極めていた。かつての訓練が身に沁みついているのか、それとも野生の勘か。それは分からない。

マガミは調整を終えて、発射のトリガーを力強く引いた。

鈍い衝撃と共にメンシス号から放たれる六つの銛が白クジラに向かって突き進む。何本かは灰化層の流れに軌道がずれた。残った数本も白クジラに当たるが、装甲を貫くほどの致命傷にはならなかった。

「前より硬くなってる」

ニルが愚痴のように溢《こぼ》す。

確かに、前回であればそれなりに効いていたはずの攻撃が効き目が薄い。この短期間で装甲を補強したのだろうか。マガミは改めて照準を最大に拡大した。

白クジラの装甲は細かな金属体が集まっているように見える。メンシス号よりもより高度で複雑な構造を予感させる。

「装甲が厚すぎる。あれはもっと弾速がないと貫通はできない」

「じゃあ、どうする?」

「弾速を乗せてやれば良い。すれ違いざまに打ち込もう。前回と同じようにだ」

「オーケー」

灰化層の灰色が明かりを帯び、頭上に太陽の白円が見え始めている。ニルはそこまで来て白クジラから距離を取った。

メンシス号が灰化層の境界面を突き上がり、再び宙へ舞い上がる。白クジラが同じようにメンシス号を見上げるようにブリーチングをして灰化層に戻っていった。

その動きを合図に、白クジラの周囲に黒クジラが集まりだした気配がする。

ニルは警戒してメンシス号を灰化層境界面上に沿わせて着地させた。メンシス号が界面上に轍《わだち》を残しながら戦線を離脱していく。右手に第十三都市を見ながら、旋回飛行に入ったメンシス号をクジラたちが追いかけ始めた。

背後に黒クジラを引き連れながらメンシス号はさらに速度を上げていく。加速は前回よりも遙かに速く、吐き出す虹色の粉塵も量を増している。まるでオーロラのように光を立ち上げて、灰化層の表層を駆け抜けた。

後ろを気にしながら、マガミは灰化層を睨《にら》みつける。

クジラは何故か定期的に灰化層の境界面上に姿を現す傾向がある。きっと彼らにとっても灰化層は毒なのだ。だからこそ定期的な空気の補給をする必要があるのかもしれない。

僅かに盛り上がった灰化層を見つけて、マガミは叫んだ。

「二時の方向、距離四百！」

ニルは迷いなく、マガミの指示通りに船首を向けた。そこへ白クジラの頭が飛び出してきた。

白クジラの鼻先は運よくメンシス号の船首へ向かって倒れてくる。

ニルは推進力をさらに強めた。加速度で操縦席へ身体が押し付けられる。

マガミの口から苦悶《くもん》の声が漏《も》れる。目を開けているのも苦しいほどの急加速の中で、ニルが標的を照準に収めた。

メンシス号の加速も相まって、時間の猶予《ゆうよ》は限りなく無に等しい。しかし、ここで失敗するわけにはいかない。頭が焼け付くほどの集中力でマガミは焦点の調整を実行していく。

発射する銛の数は十二発。メンシス号が一度に発射できる砲門の全てだ。電光石火の照準調整をやりきったマガミは、引き金を握る。

「発射！」

彼のかけ声と共に鈍い発射音が船内に響いた。モニター越しに猛烈な速度で発射された銛の影が飛翔してゆく。

十二本の銛は白クジラの首元へ集まって突き刺さった。致命傷かどうかは分からない。それでも、白クジラは銛の衝撃で大きく体をのけぞらせていた。

直後、ニルが回避行動に入る。

白クジラを目前にして機体を傾けるが、あまりに速度がつきすぎていた。

船体が白クジラに当たって無数の外装が宙に飛び散る。白クジラの真っ白な機体に一筋の黒い線を引きながら、メンシス号は火花を散らす。

すれ違いざまの攻撃は十分な効果をもたらした。白クジラが潜航するのを中断している様子から、ダメージは明らかだ。メンシス号からの攻撃を受けた胸部から大きな稲妻を走らせながら、悲鳴に似た軋《きし》みを上げていた。

だが、メンシス号のほうも無傷とはいかなかった。

マガミが手元のモニターを確認すると、白クジラとの接触があった右翼から胴体にかけて真っ赤《か》な点滅を繰り返している。三重に装備されている外装がほとんど剝《は》がれ落ちてしまっていた。

それだけではない。銛の発射口も幾つか機能停止を告げる表示が点灯していた。

『四番から七番砲台機能停止。右翼七十八から右胴体十三までの外部装甲被害甚大』

伝声管の向こうからカナヤゴの怒声が聞こえてくる。マガミは警告音を停止させて、カナヤゴに問いかける。

「動力系は？」

『それは大丈夫だ。今、故障した部分もすぐに修繕させる。心配すんな！』

「お願いします」

やりとりを聞いていたのか、マガミの後ろでニルが悔しげに表情をゆがめる。

「ニル。艦内のことはカナヤゴたちを信じよう。彼らの腕は確かだ」

「そんなこと、僕が一番知ってる。次で必ず仕留める！」

マガミは彼女の宣言を聞いて、すぐに次弾装塡《そうてん》の確認に入った。伝声管を開いてカナヤゴへ告げる。

「次の接触で、もう一度全弾打ち込みます。装塡お願いします!」

『あいよ! 野郎ども、装塡準備始めろ。気張れよ!』

威勢の良いカナヤゴの声に交じって、機関士たちの雄叫びに似た返事が返ってくる。彼らの声の裏には怒濤《どとう》の忙《せわ》しなさが雑音として聞こえ漏れていた。おそらく船の中は何処《どこ》も戦場と化しているはずだ。

マガミは祈るような気持ちで、次弾発射の調整に入る。

彼らのやりとりを見届けたニルは、操縦室の壁全体に映し出される外の景色をぐるりと見渡した。先ほど接触した白クジラはまだ灰化層の境界面上で藻掻《もが》いている。

メンシス号は第十三都市を中心に時計回りで再び加速する。陸の影に消えていく白クジラを見つめつつ、ニルはさらにアマデウス機構の出力を上げていった。

既にニルはアマデウス機構との過剰接続に、身体が悲鳴を上げ始めている。目が充血を始め、指先が震えていた。

それでもやめるわけにはいかない。

ニルはマガミに気が付かれないように、歯を食いしばった。

第十三都市の影から見え始めた白クジラの機影は、まだ健在であることを示すように大きく波打って見せている。

その姿を見て、ニルは唇を噛んだ。痛みが走る頭を無視して、彼女は操縦桿を強く握りしめる。

大きく円を描きながら接近するメンシス号に白クジラが気が付いた。体を大きく起こすと、重く激しい衝撃音を上げる。灰化層を波立たせるほどのその音は、他の黒クジラたちを瞬く間に招集させた。

それだけではない。白クジラの体から放たれるアマデウス機構の青い光が波打つと、驚くことに金属の塊だった白クジラは徐々に形状を変えていった。曲線を描いていた輪郭が徐々に広がり、羽のようなものを形成し始める。

「なんだよ、あれ」

明らかに、今の人類が持つテクノロジーを大きく超えた存在だ。呆気《あっけ》にとられるマガミに、ニルの声がかけられる。

「落ち着いて。やることは変わらない。次で必ず仕留める」

動揺するマガミを落ち着かせるように、ニルは抑揚なく言った。

ただ、それが良くなかった。

マガミは直ぐにニルの不調に気がついて振り返った。

彼女は既にアマデウス機構への接続過多で限界が近づいていた。ただでさえ、無茶な実験を受けていた直後で身体への負担が残っているのだ。そこへ立て続けにこの戦闘だ。

「マガミ、大丈夫。行こう」

ニルは明らかに無理をして、力なく微笑んだ。現状、ニルが倒れれば勝ち目はなくなる。マガミは退路を断つ想いで強く頷き返した。

「分かった」

自分のするべき作業に戻り、マガミは覚悟を決める。次で決められなければどちらにしても終わりが来る。

メンシス号は軌道を変えることなく直線上に白クジラを捕えた。黒クジラが軌道上に迫ってくるが、間に合いそうにはない。

白クジラを目視してニルは照準を定めた。狙う場所はアマデウス機構が搭載されているであろう、青色発光が強まっている白クジラの喉元《のどもと》だ。

幾重にも重なっていた装甲は形状変更に伴い薄くなっているのが分かる。大きく広げた翼のような形状を、左右に広げ、白クジラもメンシス号を迎え撃つ構えになっていた。

いよいよ最後の直接対決だ。速度を最大にメンシス号が白クジラの間合いに入り込む。その瞬間、翼の先端に流れるアマデウス機構の青い光が煌めいた。

ニルは咄嗟《とっさ》に機体を僅かに傾ける。さっきまでメンシス号がいた場所に何かが衝突する。直後、灰化層が煙の柱となって吹き上がった。

遠距離攻撃だ。どういう仕組みかは不明だが、何かを飛ばしてきている。マガミの後でニルが舌打ちをした。遠距離攻撃があるのであれば、不用意に直線行動はできない。速度を上げることが難しい状況になった。

それでも僅かに機体を左右へ揺らし、ニルは白クジラに接近していった。

幾つもの灰化層の柱が立ち上がり、その間を縫うようにメンシス号が飛翔する。白クジラが目の前に迫ったとき、伝声管からカナヤゴの声が聞こえた。

『装塡完了！　行けるぞ！』

その声を合図にマガミは最後の照準固定を行う。狙う先は青く光る白クジラの動力部。アマデウス機構さえ停止させればこちらの勝ちだ。

照準の確定を示すランプの点灯と同時に、マガミは引き金を絞った。

しかし、銛が発射された瞬間、メンシス号の進路上に灰化層が吹き上がる。汽笛にも似た重く、重厚な声を上げながら浮上してきたのは黒クジラの鼻先だった。

まずい。マガミは心の中で叫ぶが、既に銛は放たれてしまっている。まっすぐな軌道を描く銛は黒クジラの外装にぶつかり、大きく軌道をぶれさせながらあさっての方向へと飛んで行った。

「クソ！」

ニルの苛立った声が操縦室に響いた。虚《むな》しくも弾かれて灰化層の中へ消えていく銛の横を、メンシス号は飛んでいく。回避行動に入り、白クジラの横を駆け抜けていきながらメンシス号は速度を弱めていった。

操縦室では、いよいよ限界を迎えたニルが強く咳き込む。眼球は出血して真っ赤になっていた。指は震えて、操縦桿を握ることもままならない状態になっている。

メンシス号の動きが鈍くなったのに気が付いて、マガミは副操縦席から立ち上がる。

『こちら艦橋。出力が落ちているぞ！　どうした！』

伝声管からの声を無視してマガミは身体の固定を取り外す。座席の枠を飛び越えてニルの操縦席に駆け寄ると、身を屈めて彼女の肩を抱きかかえる。

「操縦桿を！」

苦しそうに咳き込むニルは、自分のことよりも艦を優先するように言った。マガミは片手でニルを支えながら、彼女の手の上から操縦桿を握りしめる。

制御の入っている操縦桿は想像していたよりもずっと重たい。背後から迫ってくる黒クジラの気配を感じて、マガミはメンシス号の速度を上げた。

向かう先は、第十三都市とは真反対の非戦闘地域だ。一度戦線を離脱しながら、マガミは艦橋に報告をする。

「ニルが限界だ」

『分かった。すぐに代わりのアニマを向かわせる。このまま戦線を離脱。戦闘を終了する』

淡々としたクルスの声が返ってきた。嘆息混じりに額に手を当てている様子が目に浮かぶような、そんな声だった。

しかし、マガミにはそのつもりは一切ない。片手で艦を操縦しながら、彼はニルの固定ベルトを外していく。

「ここからは俺が操縦します。ニルを副操縦席に移動させる」

『……なんだと？　正気か？』

マガミは一時的に自動操縦に切り替えて、ニルを抱きかかえた。実に軽いニルの身体を副操縦席に下ろす。ベルトを再度調整しながら、伝声管に向かって話し続ける。

「操縦はある程度、身体が覚えてます。疲弊《ひへい》してるけど、補助はニルがしてくれるから大丈夫です」

『無理だ。ニルの操縦でも辛うじて戦える相手だぞ。お前がなんとかできるとは思えん』

「でも、ここで引いたら第十三都市は助からない」

『この艦が沈んでも同じことだ』

「ここまで来たんだ。こんなところで引き返すわけにはいかない。それに、俺覚えているんですよ」

マガミはニルの身体を固定し終えると、伝声管に向かい合う。

「まだ研究所にいた頃、俺はアマデウス機構への接続試験で出力だけならニルより高い数字を出せていました」

『お前は、一体いつの話をしているんだ？』

伝声管を挟んで、クルスの大きなため息が聞こえてくる。

それでもマガミは譲らない。

「現に、俺はニルと操縦を共にしてもへばってない。それは俺のほうが彼女よりも馬力があるからですよ」

『だったら、どうすると言うんだ？』

「白クジラは、さっきまでの動きがメンシス号の最大出力だと思っているはずです。俺が操縦すれば、予想外の動きで一回限りの油断を作れる。それを利用します」

伝声管を挟んで重い沈黙が流れる。クルスは明らかに判断を渋っていた。まともに考えれば当然だ。

だが、それを打ち壊すように荒々しい環境音と重なって低い声が響いた。

『艦長。マガミにやらせてみたらどうです？』

その声は、カナヤゴのものだった。少し息を荒げているのは、修繕作業を進めているからかもしれない。彼の声に、嘆息混じりにクルスが『何故だ？』と問いかけた。

『アマデウス機構はまだ限界まで動いてはいません。むしろもっと動かせって叫《わめ》いているくらいです。マガミの言う通りなら、まだ船は動ける』

『だがそれだけで船員を危険にさらすことはできない。主操縦士が倒れたのなら、撤退という判断を下すのが普通だ』

『普通？ 艦長がそんな言葉を言うとは意外ですね。そもそも俺も艦長も含めて、この船に普通な奴《やつ》なんて乗ってましたか？』

伝声管全体を震わすようなカナヤゴの低い笑い声が聞こえ、マガミは僅かに頬《ほお》を緩める。思わぬ援護を受け、クルスが唸り始めた。

そこへ、カナヤゴが最後の一押しを告げた。

『あの街には俺たちの家族がいる。まだ戦える選択肢があるんだったら、それに賭けてみたいんですよ。マガミが何をする気なのかは分からねぇ。でもね、命がけでお嬢を救ったような奴になら、俺たちは命を懸けてもいい』

恐ろしいほど忙しなく修理修繕の音が響く中、カナヤゴが落ち着いた口調で語り終える。その後ろから、何人もの聞き覚えのある機関士たちの声が続いた。

『おい、聞いたか！ マガミが操縦するぞ』

『なんだって？』

『だったらさっさとこっちを直せ！ 俺たちが足引っ張るわけにはいかんぞ』

警報音も重なり、酷く荒れた音声の中から聞こえてくる船員の声。それに押される形で、クルスは深いため息を吐《つ》いた。

『マガミ。勝算はあるんだな？』

「荒っぽい方法でよければ、あります」

『……』

クルスは状況を把握するために伝声管の蓋を閉じたらしい。遠くから、彼の声で兵装の残弾や被害状況などを聞く声が聞こえてくる。サエや他の搭乗員たちの返答が聞こえ、しばらくの沈黙があった。

『いいだろう。だが、お前も言った通り、不意打ちができるのは一回だけだ。次の攻撃で仕留められなければ必ず離脱する。いいな』

「分かりました」

『全く。我ながらとんだ博打打ちだ』

クルスはそう言って会話を終えた。

マガミは伝声管の蓋を落とすと、ニルへ視線を向ける。彼女は疲れ切った表情で、虚《うつ》ろに目を開いていた。浅い呼吸を繰り返して噴き出す汗で額が濡《ぬ》れている。

マガミは彼女の手を握りしめた。

「辛《つら》いだろうけど、もう少しだけ頑張ってくれ。君の助けがいる」

疲弊したニルだったが、まだ目の奥にある光が消えたわけではない。ゆっくりと身体を起こすと副操縦桿を握った。

「兵装は、残弾が少ないよ。どうする？」

ニルが途切れ途切れになりながら言った。

マガミは得意げな笑みを浮かべて彼女の汗を拭う。

「前に君がやろうとしたことを思い出したんだ。ほら、第六都市で」

マガミは冗談めかした口調でそう言うと、掌《てのひら》を飛行艇に見立ててまっすぐに飛ばして見せた。

「きっとみんな度肝を抜くよ」

「……あは、名案だ」

短い会話のうちに、二人の頭の中では同じ考えが浮かんでいた。お互いに悪戯《いたずら》っぽい笑顔を浮かべ、認識を確認し合う。

そしてマガミは操縦席に飛び乗った。身体の固定を進めながら、カナヤゴと通じる伝声管を開く。

「カナヤゴ！　次の攻撃に向けてなるべく船体を軽くしたいです。装塡された銛と、船首以外の破損した不要な装甲をパージできますか？」

『あぁ。できなくはないが、何をするつもりだ？』

カナヤゴの質問に、マガミは薄い唇を湿らせる。

「俺はニルほど操縦は上手《うま》くない。でも、真っ向勝負なら負けないって話です」

『……意味は分からんが、つまりはタイマンを張るって訳だな』

カナヤゴは呆然《ぼうぜん》と答えつつ、言葉を口にするにつれて闘争心に火がついたらしい。『すぐに取りかかるから任せろ！』と獅子のように吠えるとすぐに作業に入っていった。

マガミは操縦席に深く腰掛け、深呼吸を繰り返す。

これは熱い気持ちと冷静な頭がなければ実行できない作戦だ。

目を見開いたマガミは操縦桿を手にして、スロットルを上げていく。アマデウス機構はニルのときと同じように、マガミの言うことに素直に従ってくれた。

「よし。行くぞ！」

誰に言うわけでもなく、マガミは気合いを入れて操縦桿を傾けた。


メンシス号は機体を大きく旋回させて、一度は外した進路を再び白クジラへ向けた。

今度は第十三都市を中心に円を描くような動きではない。白クジラと第十三都市を直線につなげるような、真っ直ぐな軌道を描く。

伝声管を艦内に繋《つな》ぎ、マガミは搭乗員全てに声をかけた。

「全員、対衝撃態勢をお願いします。できるだけ、船首から離れてください」

これからやることは、まともな人間であれば考えもしないような行動だ。きっとそれは白クジラの操縦士も同じである。

だが、そんな発想だからこそやる価値があった。

マガミは限界までアマデウス機構の出力を上げた。掌から伝わり、脳内へ走る電撃のような痛みがアマデウス機構との同調を感じさせる。

まだいける。

マガミはさらに強くスロットルを上げていく。脳内の血圧が上がり、頭が裂けそうなほどの痛みが走っても、マガミはお構いなしに速度を上げていった。

メンシス号は一直線に白クジラへ向かっていく。既に勝ちを確信していたのであろう白クジラは、灰化層の上を猛進するメンシス号への対応が少しだけ遅れた。

メンシス号に気が付いた黒クジラが、進路を妨害しようとするも全く及ばない。

両脇《わき》から迫りくる黒クジラの巨体を無視して、メンシス号は正面の白クジラとだけ向き合っていた。

明らかな加速とみて白クジラはすぐに臨戦態勢に入る。波打つ翼を再び大きく開き、正面勝負に出たメンシス号を眼下に捕らえた。そして、開いた翼からの遠距離砲撃を開始する。

二度、三度と立ち上がる灰化層の柱。

白クジラを目前にして、強烈な一撃がメンシス号の機体を大きく揺らす。

「一撃被弾。左翼損傷！」

前の席でニルが叫ぶ。舵を切りながら機体の安定を保持しつつ、被弾しようともマガミは出力を絶対に落とさない。

白クジラが、いよいよ目前まで迫る。

すると白クジラは宙へ掲げていた翼を灰化層の境界面へ沿わせて、重心を低く身構えた。メンシス号の速度が異常に速く、照準が定まらないからだろう。

だがその態勢は同時に、メンシス号の回避路を断つことにもなる。

『マガミ！　退路が切られる！　舵を切れ！』

艦橋からクルスの声が聞こえてくる。

しかし、マガミは避けるつもりなどさらさらなかった。

「好都合だ、その面にお見舞いしてやる！」

眼前に迫る神々しいまでに美しい白クジラへ、マガミは狙いを定めた。出力を最大にし、そのまま白クジラの喉元めがけて船首を持ち上げる。

メンシス号の船首は他のどんな船よりも重厚な装甲を重ねていた。そもそも灰化層内を切り裂いていくような船首だ。場合によっては、この船首を突き立てることも想定して作られている。船の点検を生業《なりわい》としているマガミは、誰よりもそのことをよく知っていた。

「いっけぇぇぇ！」

遠距離攻撃を再び食らいながらも、マガミはメンシス号を走らせた。

灰化層上に虹色の軌跡を残しながら、この瞬間にメンシス号は黒い一閃《いっせん》と成る。猛烈な勢いと質量を乗せ、さながら聖槍《せいそう》と化したメンシス号が白クジラの喉元に飛び込んだ。

直後、船全体が激しく揺れた。

聞いたこともない金属同士がきしむ酷い轟音が艦内全て、いや、四方数百キロに及ぶ宙の上に響き渡る。

操縦室のモニターからは灰化層の白色は消え、火花の飛び散る暗黒が辺りを覆《おお》った。暗闇《くらやみ》の先に僅かに見える青い光を見て、マガミはまだ勝負は決していないと悟る。

メンシス号の勢いは白クジラの巨体に妨げられ、速度が弱まっている。このままでは仕留めきれない。

マガミはここが正念場とばかりに全力で出力を上げた。

「ううおおおぉぉぉぉぉ」

獣のように叫ぶマガミの気合に重なるように、アマデウス機構がとてつもない出力を発揮する。

一度は勢いを殺していたメンシス号は、白クジラの巨体を突き刺したまま、灰化層の上を押し進み始める。黒い機体から吐かれる膨大な虹色の排気は、灰化層の海を割り始めた。

蒼と灰銀に包まれた世界の間。そこに立ち上がる虹色のベールを目にして、陸に残された第十三都市の人々は息をのむ。

誰とは言わず、人々はメンシス号の放つ光に祈りを捧げ始めた。彼らの思いを乗せて、巨体を捕まえたメンシス号が徐々に白クジラの外装を貫いていく。

遂に均衡は崩れ、メンシス号が白クジラを第十三都市の外壁に押し当てた。二つの巨体が重なるように外壁にぶつかると、白クジラが悲鳴に似た激しい音を上げて身を捻《ひね》らせる。

それでも、メンシス号の勢いは止まらない。

スロットルの限界を超え、マガミはさらに推進桿を押し込む。彼の動きに同調するように、ニルも副操縦桿を強く押し込んだ。

まだ、メンシス号の出力が上がる。その事実に白クジラは巨体をねじ曲げ、最後の悲鳴を上げた。

既に崩れかけていた外壁を白クジラの体が乗り上げ、膨大な土煙が宙に立ち上がる。巨体が丘の上に引きずり上げられてゆく光景は、とてもこの世のものとは思えない。

白い機体に突き刺さる黒い槍のように、メンシス号がその巨体をさらに上へ、上へと押し上げて行く。二つの巨体は瞬く間に土煙に塗《まみ》れて姿を消したが、それでも陸を駆け上がっていく様は手に取るように分かった。

そして、轟音と粉塵の塊は第十三都市の丘の頂上付近でゆっくりと動きを止めた。

丘の最頂点。真っ青な宙の下に、メンシス号の船首が土煙の中から姿を現わしていく。徐々に煙が落ちていくと、体を貫かれた白クジラの巨体も見えてきた。

白クジラの装甲の隙間《すきま》から見えていた青い光は、次第に輝きを失っていく。人々は息を飲み、最後の時を見守った。

白クジラは細く甲高い音を響かせながら、実に優雅にアマデウス機構を停止させた。

完全に白クジラが息絶えた。その証拠に、第十三都市を囲っていた黒クジラたちは一斉に動きを止めた。

身体全体を揺さぶるような轟音から解き放たれた人々から、一斉に歓声が上がる。一度は死を目前にした彼ら。その絶望から解放され、皆一様に涙しながら喜び合っていた。

彼らの頭上から、歓声を宙の上へ誘うように、優しい風が街へ吹き込んでくる。黒クジラたちは、風に乗って運ばれてくる喜びの声を聞きながらゆっくりと灰化層の中へと沈んで姿を消していった。

そして、最後に残されたのは、メンシス号が走り抜けた軌跡に残る虹色のカーテンだけだった。

＊＊＊

メンシス号は、白クジラの討伐に成功した。

だが、メンシス号も大破する結果となり、搭乗員の全てが船から降りることとなる。ひとりでは歩くのも難しいニルに肩を貸しながら、マガミたちが船を降りると、そこからの景色は息をのむほど美しく広がっていた。

第十三都市の最上部。丘の一番上に残ったメンシス号の甲板からは、三百六十度の絶景が広がっていた。

「これで全員か？　誰か消息の分からない人間はいないな！」

声を荒げ、船から最後に出てきたのはクルスだ。彼は搭乗員全ての安否を確認して、全員に次の動きを指示し始めていた。

どんな事態に陥《おちい》っても、この人は全く態度が変わらない。マガミは感心しながら肩の力を抜いた。

そこへ、先に船外に出ていたカナヤゴがマガミたちを見つけて駆け寄ってくる。

「おう。無事だったか」

「ええ。すみません。船をこんな使い方してしまって」

「いいや。なかなか豪快な使い方で良かったぜ」

機関士冥利《みょうり》に尽きると肩を叩いてくるカナヤゴに、マガミは苦笑いで返す。そんなことはさておき、とカナヤゴは急に真剣な顔つきになって言った。

「アガタから頼まれてな、大破した白クジラを見てきたんだが、お前たちに来てほしいんだとよ」

そういうカナヤゴはニルを見て腕を組む。

「お嬢は、ここで休んでおくか？」

ニルは乱れた髪を整えながら、顔を上げると首を横に振った。

「大丈夫。連れてって」

彼女は今から何を目の当《ま》たりにすることになるのか見当がついている様子だった。マガミはニルを抱きかかえて、カナヤゴの案内で白クジラのほうへと向かって歩き出した。

白クジラは操縦室から見えていたよりも激しく損傷していた。陸地の土も相まって、酷く汚れたその機体はもはや灰化層を優雅に泳いでいた面影すら感じさせない。

元の形から歪《いびつ》に変わった機体の傍に行くと、アガタがそこに立っていた。彼女は咥《くわ》えた煙草に火を灯《とも》しながら、やって来た二人に気が付く。

一度煙を吐いて、それから神妙な面持ちで足元へ視線を落とした。

そこにはニルとよく似た白銀の髪が見える。

そういうことか。マガミは彼女が何を見せたかったのか理解する。

「白クジラの操縦士よ」

胸元《むなもと》を上下させている操縦士は人の形状はしているものの、思っていたような状態ではなかった。白クジラの大破で身体が潰《つぶ》れたというわけではない。それよりも、機械に同化しているような状態だった。

人の部分が確かに確認できるのは胸元から上にかけてくらいだ。後頭部からは有機体じみた管が無数に繋がり、胴体より下の部分は機械と同化してしまっている。

これが古代種と呼ばれる生き残りだった。

マガミは思わず目を背《そむ》けたくなった。

だが、彼らと同じ古代種の遺伝子から生まれたのがニルだ。そして自分自身も同じように、彼らの遺伝子を持っている。いわば自分たちのオリジナルと言ってもよい存在だ。

マガミは一度背けた視線を再び操縦士に戻した。隣に立つニルも、真剣な面持ちで古代種と向き合う。

白クジラの操縦士は、長い髪の間からマガミたちを見上げる。彼は端正な顔つきをしていた。日差しの下では不気味なほど白く染まった肌と、ニルと同じ真っ赤な瞳《ひとみ》をしている。

彼はマガミの隣に立っているニルを見て、目を見開いた。

「あぁ」

それはただの吐息だったのかもしれない。しかし、最後の瞬間に彼は救われたかのような穏やかな表情を浮かべていた。

電源が切れた人形のようにうなだれた古代種を見下ろし、アガタは手を合わせる。そして彼のすぐそばに吸いかけの煙草を添えた。

彼女の背中は、どうしてだかとてもさみしげに見える。マガミはニルを抱きかかえたまま、

その背中に問いかけた。

「アガタ。ひとつ、聞いても良いですか?」

「なに?」

「彼らはこの場所に来たとき、メンシス号の操縦士を引き渡せと、伝えてきました」

マガミのすぐ隣で、ニルが驚きの表情を浮かべる。

マガミは彼女に頷き返すと、静かに続ける。

「どうして、彼らはニルのことを狙っていたんでしょうか?」

アガタはマガミの質問を聞いて、少し考え込んだ。ポケットから真新しい煙草を取り出すと、息絶えた古代種を見下ろしながら「多分だけど」と前置きをする。

「彼らはニルのことを捕えられた古代種だと思っていたのかもしれないわね。仲間を救う、という感覚だったのかもしれないわ」

だとすれば、切ない話だ。マガミは無意識のうちに、ニルの肩を強く抱く。

「そうだとして、これで良かったんでしょうか?」

マガミは複雑な気持ちの落ち着き先を求めるようにアガタに聞いた。彼女は煙草を口にしながら首を横に振った。

「それは分からないわ。けど、そう簡単に家族を渡せるほど、私たちも冷酷じゃない」

煙草を口元で転がしながら、アガタはマガミとニルを見る。そして「違う?」と首をかしげた。

「違いません。俺は、またニルと離れる気は無い」

「でしょうね」

マガミの恥ずかしいほどまっすぐな言葉に、アガタは目を細めた。彼女の視線の先で、マガミの言葉を聞いたニルの頰が真っ赤に染まっていた。

終章　～進取～

クジラの襲撃を乗り越えた第十三都市の被害は甚大だった。外壁の一部は修繕不可能なほど破壊されてしまい、研究所の一部を破棄しなければならなかった。それでも幸いなことに居住区の被害は少なく、灰化層《はいかそう》の侵入も最小限で抑えられていた。

マガミは燦々《さんさん》と降《ふ》り注《そそ》ぐ日光の下で、額の汗を拭《ぬぐ》う。久々に身に纏《まと》う外壁修繕用の道具の数々を満足げに見つめながら、彼は外壁側面からの景色を一望した。

「やっぱり外壁からの景色は良いな」

そう呟《つぶや》いて、作業を再開すると頭上から声がかかった。

「マガミー！　デカいおっさんが来たわよー」

随分な言い方をするのはネブラだ。壁を見上げると、宙《そら》との境界線上に小さい頭が左右にゆらゆらと揺れている。マガミは聞こえたと手を振って伝えると、腰元に取り付けられた巻き上げ機で外壁をよじ登っていく。

慣れた身のこなしで外壁上の通路に上がると、山積みになった資材の横で数をチェックするネブラがいた。

「今日もしっかり働いて、偉いな。ネブラ」

マガミがそう話しかけると、彼女は不満げに頬《ほお》を膨らませる。

「船がなくなってやることがないだけよ。早く新しい船が来ないかしら。こんな数を数えるだけの仕事なんて私以外の誰《だれ》かに任せれば良いじゃない」

そう言いつつも、しっかりと任された仕事はこなしているのだからネブラは根が真面目《まじめ》だ。

マガミは腰に手を当ててうんうんと頷《うなず》いて返した。

彼女の言う通り、結果的にメンシス号は大破した。しばらく船が新装される予定もなくなり、結果的に人手不足を補うためにアニマたちも現場にかり出されることになったのだ。

頷くマガミを恨めしげに睨《にら》んだネブラは、資材の奥を指さす。

「ほら。あのおっさん。親方でしょ。早く行ってあげなさいよ」

「あぁ、頼んでた場所が終わったのかもな。ありがとう」

マガミは防護用のゴーグルを外して駆け足で寄っていった。

親方とは第六都市でマガミが世話になっていたあの親方だ。第十三都市の被害を聞いた親方は、マガミの頼みを聞いてここまで修繕作業に来てくれていた。これっきりの縁ではないとは言っていたが、まさかこんな所まで来てくれるとは思ってもいなかった。

親方は駆け寄るマガミの気配に気が付いて顔を向ける。

「おう、マガミ。頼まれてた東側の外壁は修繕し終えたぞ。次の現場だけどな、そのまま南にずれていくほうが良いかと思ったんだが、一応お前の意見も聞きたくてな」

第十三都市の外壁設計図を広げながら、親方はどんどんと話を進めていく。マガミは自分の設計図を開くと鉛筆を手に取った。

「ここはカナヤゴ班がやってるからなぁ。あんまりちょっかい出さないほうが良いかも。それより北側に回り込んでくれたほうが良いです」

「そうか。あっちは地元の連中が直してるが、面子的に大丈夫か？」

「その辺は俺《おれ》のほうから話しておきますよ。一日でも早く復旧しないと、嵐《あらし》が来ようもんなら大変だし」

「分かった。午後にはウチの連中を引き連れて北側に行くから、それまでに話付けておいてくれ」

親方はマガミの背中を強く叩《たた》いて、大きな巨体を揺らしながら持ち場へ戻っていく。

マガミは設計図を丸めて腰のポシェットにしまった。外壁の修繕作業をしたかったが、全体の作業進捗の調整をしたほうがよさそうだ。肩を回してマガミは外壁に沿って歩き出す。

第十三都市は今回の件に関して責任を取り、上層部の多くが退陣に追いやられた。クジラの襲撃に対して適切な処置を行わなかった、というのが理由らしい。事実、第十三都市は甚大な被害を受けたのだから当然ではある。

それとは対照的に、命令違反とはいえ白クジラを撃退したメンシス号は一躍、英雄扱いを受けることとなった。規則違反への罰則等は減刑もしくは無罪放免となる見通しだ。

とはいえ被害は大きく、全《すべ》てが肯定的な意見で満ちているわけではないのも事実だった。

だからこそ、メンシス号の搭乗員は船を失ったからという理由以上に、街の復興に貢献しなければならないのだった。

「まぁ、そんな理由がなくても勝手にやるけどな」

割と生き生きと働くメンシス号の搭乗員たちを見渡しながら、マガミは独り言《ご》つ。

彼は心地よい風の吹き抜ける軽快な足取りで外壁をどんどん進んでいく。

視界は良好。灰化層の境界面も穏やかに揺れている。宙には嵐を予感させる雲はなく、一面の青空が広がっていた。

その青色に突き立てられるように佇《たたず》む白クジラの残骸が視界の隅に見えている。

丘の上に残った白クジラとメンシス号の残骸は、撤去にかける時間も費用も無いために一旦《いったん》は放置することになっていた。日差しの下で堂々と立ち並んだ残骸は、眺めるだけの一種のモニュメントと化している。

だがアガタを中心とする研究所の職員たちにとっては、あの残骸は宝の山に見えているらしい。今日も白クジラが何故《なぜ》世界に存在するのか、古代種は何を目的に灰化層の中にいるのか、様々な世界の謎《なぞ》を解き明かそうと調査を進めているようだった。

そんな世界の謎を秘めた残骸をマガミが眺めていると、前方で人影が動く気配がした。

外壁内部から上部通路へ繋《つな》がる階段を上がってきたのは、濃い赤色の軍服姿だ。銀色の美しい髪を揺らしながら彼女は外壁を見渡している。

そしてマガミを見つけて動きを止めた。

深紅色の瞳《ひとみ》が真っ直ぐにマガミを見つめて、少しだけ目を細める。眩しいからというわけではなく、はたまた睨んでいるわけでもない。

穏やかな笑みを浮かべているのだ。

マガミは軽く手を上げて挨拶《あいさつ》を送った。彼女も同じように手を上げて見せる。

駆け寄ってくるニルの姿を見つめながらマガミはポケットに手を突っ込んだ。

ニルのことはまだ何も決まっていない。

メンシス号がなくなった今、彼女の担う役目は変わりつつある。今まで進められていた計画の存続は改めて審議されることだろう。もしかすれば、ニル計画やメンシス計画の破棄が決定されるかもしれない。

だが、マガミは心に誓ったことが一つある。

ニルを守り続けるという決意だ。

これからも彼女はニル計画の被検体として生き続けることになるだろう。絶え間なく向かって来る残酷な運命を前に、彼女は何度も苦難を経験することになる。

それは避けられない運命だ。

であるのならば、彼女の隣で一緒に運命を共にしよう。マガミはそう誓っていた。

いつになく上機嫌な様子で近づいてくるニルを見てマガミは考える。

さて、今日は一体どんな一言から始まるのだろうか。機嫌がいいから「おはよう」だろうか。時間帯的に「元気?」かもしれない。色々なパターンを考えつつ、目の前で立ち止まったニルと視線を交差させる。

ニルはマガミを試すような笑顔を浮かべて小首をかしげた。その動きは反則的に可愛《かわい》い。マガミは照れる気持ちを隠すように視線を灰化層の宙へと向けた。

どこまでも続く灰化層の雲海は、今の二人にとって自由な未来に満ちた場所だ。


だからもう一度、ここから始めよう。

この空の上、宙の下で。

君と俺の物語を。

続章　～察知～

静かに冷気を放ちながら、息をひそめるように並ぶ無数の機器たち。使い方すら人類には理解が難しすぎたテクノロジーであるそれらは、暗闇《くらやみ》の中で青白く光り稼働していた。

機器の合間には、僅《わず》かに人ひとりが座れるほどの空間があった。人間が生き続けるにはあまりに閉塞感の伴うその闇《やみ》に、一対の紅い瞳《ひとみ》が浮かぶ。その瞳は、一つの機器が映し出す画面を食い入るように見つめていた。

画面の上に波打つ波形。それは、遙か遠方から届いた断末魔の叫びに重なり大きく山なりに歪《ゆが》む。画面を見つめていた彼は、ゆっくりと病的に白い手を波形にかざした。

「%$#&$」

画面に触れる彼の手は、ほんの僅かに震えている。溢《こぼ》した声は誰《だれ》にも届かぬ小さくかすれたものであったが、対照的に真紅の瞳には強い敵意がにじみ出している。

彼が何を想《おも》うのか、それは知る由《よし》も無い。しかし、揺れ動く鋼鉄の牙城は、その瞳の先に向かって確かに泳ぎ出す。

無数の機器と、幾重にも重なる装甲板を挟んだ先には灰化層の深層が広がっている。日差しも届かぬ灰化層の底の底。完全なる闇の中に、青白く光り出した白いクジラたちの姿が浮かび上がった。

この程度では、まだ終わらない。
だから、もう一度始めよう。
ここは空の上、宙《そら》の下。
求め合うモノが出会い、物語を紡《つむ》ぎ出す宿命の場所だ。

あとがき

このたびは、本作『プロジェクト・ニル　灰に呑まれた世界の終わり、或いは少女を救う物語』をお手にとって頂き、ありがとうございます。

本作は、世界観こそ何年も前から構想していたものの、物語の軸となる登場人物たちや読者へのメッセージ性に迷い続けていた作品でした。自分の中でも、一体何を伝えたいのか分からなくなり、雲のように膨れ上がった設定と妄想だけが宙を舞う。そんな物語だったのです。

しかし、作中に登場するヒロイン『ニル』の登場により、本作で一体何を語るべきなのか、何を伝えるべきなのか、そういった物語の中核が急速に形になりました。

私にとって物語を書くという行為は、あまり楽なものとは言えません。ですが、『ニル』という少女は、不思議と物語を加速させ、周囲の登場人物たちに影という立体感を生み出す事までしてくれたのです。

私にとって、それはとても不思議な体験でした。

ある意味、本作の設定は全て彼女のためにあると言っても過言ではありません。空の上、宙《そら》の下と呼ばれる世界の中で、彼女たちがどんな未来を迎えるのか。私自身、とても興味があると同時に、何を見せてくれるのかという期待感もある。そんな作品になりました。

今後、本作がどこまで続くのかは分かりません。ですが、本作を通して読者の皆様へ心が高鳴る経験をお伝えできていれば、本望です。

とはいえ、作中で説明していないことは山のようにあります。アマデウス機構とは何なのか、古代種とは、白クジラの正体やニル計画の全貌。クルスやアガタの過去も、三百年前に人類が何をしたのかという歴史や灰化層の正体などなど、まだ語るべき謎が沢山ある状態です。

いつか、それらを語れる日が来ることを切に願い、あとがきの締めとさせていただきます。

最後に、謝辞を。

ＧＡ文庫大賞の選考に携わっていただきました数多くの皆様。また、好き放題に書き散らかした駄文を、根気強く編集いただきました担当編集の伊藤さま。もしかして脳内を見られているのではと思うほど、すばらしい理想の世界を描き上げてくださいましたfixro2nさま。そして本作の出版に携わっていただきました全ての皆様に、厚く御礼申し上げます。

最後まで目を通していただき、ありがとうございました。
また、いつの日かお会いできますように。
では。

畑リンタロウ

ファンレター、作品の
ご感想をお待ちしています

〈あて先〉

〒105-0001
東京都港区虎ノ門2-2-1
SBクリエイティブ（株）
GA文庫編集部 気付

「畑リンタロウ先生」係
「fixro2n先生」係

本書に関するご意見・ご感想は
右のQRコードよりお寄せください。

※アクセスの際や登録時に発生する通信費等はご負担ください。

https://ga.sbcr.jp/

プロジェクト・ニル
灰に呑まれた世界の終わり、或いは少女を救う物語

発　行	2025年1月31日	初版第一刷発行
著　者	畑リンタロウ	
発行者	出井貴完	
発行所	SBクリエイティブ株式会社 〒105-0001 東京都港区虎ノ門2-2-1	
装　丁	柊椋（I.S.W DESIGNING）	
印刷・製本	中央精版印刷株式会社	

ISBN978-4-8156-2827-7
Printed in Japan

GA 文庫